소설
대장정 2

소설

대장정 2

웨이웨이 글 | 선야오이 그림 | 송춘남 옮김

보리

진보와 해방을 위해 싸우는 사람들을 북돋우는 마르지 않는 샘

웨이웨이魏巍 위외

중국 영웅들의 큰 걸음, 장정長征은 어느덧 중국 인민의 서사시를 넘어 온 인류의 서사시로 자리 매김 했다. 이 서사시는 중국 인민과 중국 공산 당원들이 그 걸음과 피로 이 지구 위에 새겨 놓은 것이다. 그것은 마치 붉디 붉은 아름다운 댕기처럼 이 지구 별을 두른 채, 인류와 다음 세대가 영원히 기념할 만한 사건으로 남아 있다.

장정은 벌써 반세기 전 일이다. 그렇다면 장정의 역사적 의의는 무엇인가? 돌이켜 보면 역사 스스로 그 의의를 똑똑히 말해 주고 있다. 장정이 큰 대가를 치르며 남긴 불씨가 항일 전쟁을 승리로 이끌었다. 중국 공산당은 항일 전쟁 가운데서 힘을 길러 비로소 해방을 맞이할 수 있었다. 장정은 우리 중국이 깜깜한 어둠에 싸여 있을 때 비로소 고개를 내민 아침 햇살 같은 사건인 셈이다. 중국이 새 아침을 맞을 무렵 벌어진 이 치열한 투쟁에 힘입어 우리 민족과 인민의 운명이 얼마나 크게 달라졌던가!

하지만 결코 장정의 의의는 이쯤에서 그치지 않는다. 장정이 남긴 정신적 유산은 그 가치를 함부로 가늠할 수 없다. 홍군 전사들이 장정 길에서 겪은 어려움이 남달랐던 만큼, 그들이 보여 준 용감함과 끈기 또한 인류가 지닌 가장 아름다운 품성을 상징하는 빛나는 본보기로 남았다. 이 유

산은 우리가 더 나은 중국을 만들어 가는 데, 또 우리 다음 세대와 진보와 해방을 위해 싸우는 온 인류에게 언제나 큰 힘을 북돋우는 마르지 않는 샘이 될 것이다.

우리 역사에는 쟁쟁한 농민 전쟁이 숱하다. 또 그때마다 감동적인 영웅들이 많이 나왔다. 하지만 수백, 수천 차례 일어난 농민 전쟁은 하나같이 실패하거나 다른 왕조가 들어서며 막을 내렸다. 그런데 왜 장정처럼 농민이 주체인 혁명전쟁은 승리할 수 있었는가? 역사 속에 그 답이 있다. 장정은 근대 무산 계급이 이끌었고, 마르크스-레닌주의를 영혼으로 삼은 중국 공산당이 그 대변자 노릇을 충실히 해냈기 때문이다.

장정은 내 마음속의 시이다. 나는 줄곧 장정을 흠모하며 동경해 왔다. 그런데 장정이 지닌 비범한 웅장함과 아름다움을 문학적으로 온전히 담아 내기에는 내 배움과 재주가 부족한 것 같아 오랫동안 머뭇거렸다. 하지만 이제는 세월이 너무 흘러 더 미룰 수가 없게 되었다. 올해로 이 용감무쌍한 군대가 창건 예순 돌을 맞는다. 부족하지만 이 작품을 나를 길러 준 당과 군대, 인민에게 드린다.

위대한 장정은 홍군의 3대 주력 부대인 1 · 2 · 4 세 개 방면군方面軍이

함께 이룬 것이다. 그 내용이 어찌나 풍부한지 이 역사를 모두 담아 내려면 여러 작품이 나와야 할 것이다. 이 소설은 중앙 홍군의 움직임을 중심으로 썼다. 형편이 이러하니 독자들이 크게 허물하지는 않으리라 생각한다.

나는 이 책을 쓰기 전에 많은 혁명 선배들을 찾아다녔다. 다들 애정 어린 가르침으로 나를 이끌어 주었다. 오래전 홍군이 걸었던 장정 길을 따라 걷는 동안에도 여러 동지와 인민들을 만났다. 따뜻하게 나를 맞아 준 많은 이들을 잊을 수 없다. 또 나는 전사들이 몸소 겪은 장정 이야기가 담긴 회고록을 꼼꼼히 찾아 읽으며 장정이라는 큰 역사적 줄기를 나름으로 재구성해 갔다. 이런 것들이 이 소설을 쓰는 데 큰 도움이 되었다. 이 지면을 빌려 모든 이들에게 깊이 감사드린다.

장정 길에서 영원히 잠든 열사들과 아직도 건강히 살아 있는 장정의 영웅들이여! 당신들의 굳건한 정신과 위대한 업적은 오래오래 빛날 것이다.

장정의 본모습을 진실하고 생생하게 그려 낸
빼어난 성취

녜룽전 聶榮臻 섭영진

나는 〈당대 장편 소설 當代長篇小說〉이라는 잡지에서 웨이웨이 동지가 쓴 《소설 대장정 地球的紅帶飄》을 발견하고는 흥분해마지않았다. 그길로 꼬박 열 며칠을 단숨에 내리 읽었다.

《소설 대장정》은 문학 언어로 장정을 다룬 첫 장편 거작으로 그 내용이 진실하고 살아 있다. 문장도 좋고 하나하나 의미가 깊어 읽는 재미도 쏠쏠했다. 다 읽고 나니 마치 장정을 또 한 번 한 것 같은 기분이 들 정도였다.

장정은 인류 역사의 기적이자 우리 당과 군대, 민족이 길이 자랑스럽고 귀중하게 여길 만한 재산이다. 어려움이 닥칠 때마다 장정을 떠올리면 못 헤쳐 나갈 일이 없을 테니 말이다.

웨이웨이 동지는 이 위대한 역사적 사건을 제대로 그리기 위해 그 많은 자료들을 꼼꼼히 모으는 한편, 장정 길을 두 번이나 직접 걸었다. 그런 뒤 몇 해 동안 이 소설을 써 내려갔다.

그동안 장정을 다룬 소설이 꽤 나왔지만 대개 설산을 넘고 초지를 지나며 고생한 이야기에 머무르고 말았다. 하지만 이 소설은 내부 분쟁을 깊이 있게 다뤄 당의 힘을 충분히 보여줌으로써 독자들이 장정의 본모습을

이해할 수 있게 돕는다.

한편 이 작품은 마오쩌둥, 저우언라이, 주더, 왕자샹, 펑더화이, 류보청, 예젠잉 같은 지도자들의 모습을 아주 진실하게 그려 냈다. 이들은 내가 아주 잘 아는 윗사람이자 전우로, 장정을 하는 동안 소설 속 모습과 다름없이 꼭 그러했다. 혁명이 가장 위태로운 때에도 변함없이 당과 인민을 위해 싸웠으며, 흔들림 없이 홍군을 궁지에서 구해 승리로 이끌었다. 이런 이야기들을 아주 진실하고 생생하게 묘사하고 있다.

장제스, 왕자레이, 양썬 같은 국민당 쪽 인물들도 성격이 선명하여 살아 있는 듯하다. 또 다른 인물들도 저마다 특징을 살려 섬세하게 부각시켰다.

《소설 대장정》은 이렇듯 높은 경지에서 장정이라는 위대한 사건을 그렸고, 이 역사의 한 단락을 예술적으로 재현해 낸 뛰어난 작품이다. 한 편의 서사시처럼 장정을 담아 낸 이 소설은 우리가 홍군의 장정 정신을 잇고 빛내는 데 큰 보탬이 될 것이다.

웨이웨이 동지는 누구나 잘 알고 존경하는 작가이다. 《누가 가장 사랑스러운 사람인가誰是最可愛的人》, 《동방東方》 같은 소설은 인민들 속에서 널리 읽히고 있다. 나는 오래전 항일 전쟁 때부터 웨이웨이 동지를 알고 지냈다. 그는 글 쓰는 데 타고난 재주가 있는 이들 중에 혁명전쟁이라는 시련을 겪은 드문 사람이다. 또한 오랫동안 부지런히 글을 써 오면서 빼어난 성과를 많이 거둔 작가이기도 하다. 하지만 웨이웨이 동지는 나이 일흔에 또 《소설 대장정》이라는 뛰어난 작품을 내놓았다. 쉬지 않고 애쓰는 이 정신이야말로 정말 귀중하다.

1987년 10월 6일

차례

소설 **대장정 2권**

일러두기

1. 맞춤법과 띄어쓰기, 외래어 표기는 국립국어원 〈표준국어대사전〉 원칙을 따랐다.
2. 중국어로 된 고유 명사는 다섯 권을 통틀어 처음 나올 때에만 괄호 안에 한자와 한자음을 달았다. 다만, 1911년 신해혁명 이전 것은 우리 한자음대로 쓰고 곁에 한자를 써 주었다.
3. 중국 도량형에서 일 리는 우리와 달리 오백 미터 남짓 되는 거리를 이른다.
4. 《소설 대장정 地球的紅飄帶》 내용 가운데 여러 증언과 연구를 통해 지금까지 분명하게 밝혀진 역사적 사실과 다른 것은 한국어판에서 최대한 바로잡았다. 다만, 1방면군과 합류할 당시 4방면군 병력에 관한 것은 원작이 서술하고 있는 대로 두었다.
   장정에 참여한 홍군 전사들은 4방면군 규모가 대략 팔만 명에서 십만 명쯤이었다고 밝히고 있다. 저자 웨이웨이는 본문에서 서로 다른 증언들을 두루 다루며 이 문제를 드러냈다. 1988년 중국에서 이 책이 처음 나온 뒤, 중국 공산당 총서기를 지낸 후야오방은 모처럼 마음에 차는 소설을 읽은 기쁨과 즐거움을 담아 웨이웨이에게 시 한 수를 써 보냈다. 그러면서 장궈타오가 캐나다로 망명한 뒤 쓴 회고록을 보면 1935년 1방면군과 만날 즈음 4방면군 병력을 사만 오천 명으로 밝히고 있다면서, 이 숫자도 훗날 실제로 밝혀진 1방면군 병력에 견준다면 "네 배가 넘는 굉장한 숫자"라 병력을 더 불리는 것은 좋지 않겠다는 의견을 전했다. 중국 인민문학출판사는 다음 쇄를 찍으면서 후야오방의 친필 서한을 책 맨 뒤쪽에 실어 이 사실을 밝혔다.

5장 츠수이 강을 건너 시베이로

1935년 1월 말, 구이저우 북쪽으로 빼곡히 늘어선 산에는 봄기운이 싹을 틔우고 있었다. 메마른 가지만 앙상한 나무들은 아직 겨울 티를 못 벗었지만, 바위 아래 작은 틈바구니에선 들꽃이 살그머니 피어났다.

쭌이 회의가 열리는 동안 부대는 쉬면서 재편성을 하고 겨울옷과 양식을 마련했다. 비록 열흘이지만 장정을 떠난 뒤 가장 편안히 쉬었다. 덕분에 사기도 크게 올랐다. 쭌이 회의 결과를 아직 자세하게 전하지는 않았지만 벌써 온 부대에 소문이 쫙 퍼졌다. "양쯔 강을 건너 4방면군과 만나 새 근거지를 세우자!"는 구호가 사람들을 새로운 열정으로 들끓게 했다.

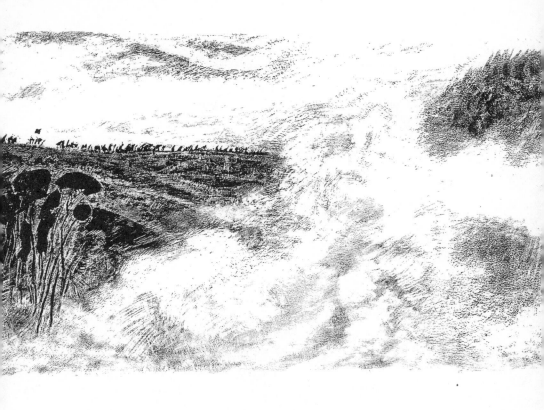

　　홍군은 세 갈래로 나뉘어 쓰촨 남부로 북진했다. 한 갈래는 퉁즈, 신잔新站 신참, 쑹칸을 출발해 원수이溫水 온수, 량춘良村 양촌, 둥황뎬東皇殿 동황전을 거쳐 츠수이로 전진했다. 5・9군단과 중앙 종대는 퉁즈, 주바九壩 구패, 량춘, 둥황뎬을 지나 투청土城 토성에 이르는 중간 갈래였다. 3군단은 왼쪽 갈래로 란반덩懶板凳 나판등을 떠나 쥰이, 다차오大橋 대교, 리쯔관李子關 리자관, 후이룽回龍 회룡을 거쳐 투청에 이르기로 했다.

　　1월 22일, 중앙은 홍군 4방면군에 전보를 보내 자링 강嘉陵江 가릉강을 뚫어서 쓰촨에 있는 적군을 끌어들여 묶어 두라고 명령했다. 또

2·6군단에도 중앙 홍군이 루저우瀘州 노주, 이빈宜賓 의빈 사이로 양쯔강을 건널 수 있게 힘껏 도우라고 지시했다.

구이저우는 성 전체가 산으로 둘러싸인 곳이었다. 부대는 러우산관을 지나 퉁즈에 들어선 뒤 손바닥만 한 평지를 지나서 다시 서쪽으로 굽어들어 산간 지대로 들어섰다. 량춘을 지나서야 골짜기가 좀 트였다. 사람들이 몹시 가난하게 사는 곳이었지만 산천은 무척이나 아름다웠다. 산에는 나무가 빽빽이 들어찼고 골짜기는 깊고 조용했다. 두산 사이에는 평탄한 산마루가 죽 질러 있었다. 날은 몹시 맑았다.

대오는 긴 산마루를 넘고 있었다. 행렬에서는 웃음소리와 노랫소리가 끊이지 않았다. 중앙 소비에트 구역에서 부르던 '산 노래'가 무엇보다 흥을 돋웠다.

어머니와 헤어지며 눈물이 샘솟듯 하는데 拜別老娘淚如泉哪

쫓기고 쫓겨 량 산에 올랐네. 走投無路上梁山哪

붉은 깃발 휘날리며 혁명을 일으키니 扯起紅旗鬧革命哪

도적 떼 같은 백군을 없애지 않고선 돌아가지 않으리. 不滅白匪誓不還哪

쟁쟁한 목소리만 들어도 '수마 사령관' 진위라이가 부르는 노래라는 걸 알 수 있었다. 노래가 채 끝나기도 전에 양미구이가 목청껏 소리쳤다.

"어떻습니까, 노래가 좋지요? 자, 한 곡 더!"

손뼉과 환성이 터졌다. 진위라이는 조금 빼는 듯하더니 다시 노래를 부르기 시작했다.

산 노래는 부를수록 흥이 오르네. 山歌越唱越開懷噠

동쪽 산에서 부르고 서쪽 산에서도 부르네. 東山唱到西山來噠

붉은 루이진에서 혁명을 일으키니 紅色瑞金鬧革命噠

붉은 깃발이 산을 뒤덮으며 넘어오네. 紅旗滾滾過山來噠

한 발 포성이 산천에 울려 퍼지니 一聲炮響震山崖噠

인민들이 온갖 데서 몰려오네. 革命群衆四面來噠

칼 차고 온 이, 총 메고 온 이, 말 타고 온 이 有的帶刀帶槍馬噠

혁명을 위해 쌀을 지고 온 이도 있다네. 爲了革命帶米來噠

양미구이는 노래가 끝나기 바쁘게 또 소리를 질러 댔다.

"여기서 끝내면 안 됩니다. 이 노래가 아닙니다. 모두들 '낭군을 홍군에 보내며'라는 노래를 듣고 싶어 합니다."

"맞습니다. '낭군을 홍군에 보내며'를 불러 주세요!"

사람들도 덩달아 소리쳤다.

"좋아, 미구이. 대신 우리 같이 부르지. 동지가 그럼 누이동생을 해요."

"에이, 그래서야 무슨 재미가 있습니까. 대대장 동지가 누이동생을 하세요."

"옳소! 누이동생을 하십시오!"

전사들이 또 한목소리로 외쳤다. 진위라이는 고개를 절레절레 젓고는 소비에트 구역에서 입대할 때 남녀가 함께 부르는 노래를 부르기 시작했다.

올해 오라버니는 스무 살이에요. 今年哥哥二十零嘟

호미를 놓고 홍군이 되었지요. 放下鋤頭去當兵嘟

오라버니가 날마다 이기기를 바라요. 願你天天打勝仗嘟

동지, 오라버니 同志哥

붉은 깃발 펄럭이며 루이진을 지나가요. 旗子飄飄過瑞京嘟

양미구이는 어깨를 들썩이며 정말 여자의 '낭군'이라도 된 듯 굵직한 목소리로 노래를 맞받았다.

누이 말이 내 마음과 꼭 같구나. 妹子說話合我心嘟

오라비는 홍군이 되기로 마음먹었지. 哥哥決意當紅軍嘟

군복 입고 각반을 단단히 찼다네. 軍服綁腿打得緊嘟

동지, 누이동생 同志妹

너는 집에서 일마다 조심하거라. 你在家事事要小心嘟

바로 그때 마오쩌둥도 대열 속에 있었다. 외투를 걸친 채 부루말 위
에 채찍을 들고 앉아 말안장을 치면서 노래를 흥얼거렸다. 얼굴에는
여전히 초췌한 기운이 남아 있었지만 한결 즐겁고 여유로워 보였다.

"마오 주석 동지!"

귀에 익은 목소리가 들려왔다. 길가 풀밭에서 한 여성 동지가 앉아
모자를 벗어 들고는 땀을 훔치고 있었다.

"이런, 류잉劉英 유영이로군. 정말 오랜만인데?"

마오쩌둥은 웃으면서 말에서 내려 그와 악수했다.

"마오 주석 동지, 말 위에서 또 시를 읊었지요?"

"그래요. 금방 야랑국을 지나지 않았습니까? 그래 내가 이백의 시를 좀 읊조렸지!"

"어떤 시지요?"

"들어 보겠습니까?"

궁궐의 임금은 태평세월을 노래하는데 北酺關聖人歌太康

남방의 군자는 멀리 외진 곳으로 도망가네. 南冠君子竄退荒

큰 잔치 벌여 하늘의 음악 소리 들으며 漢酺聞奏鈞天樂

야랑에도 바람이 불기를 바라노라. 願得風吹到夜郎

"우리가 지금 외진 곳으로 도망가고 있기는 하지만 마음이야 이백이랑은 다르지. 이백은 사흘 밤낮에 머리가 하얗게 세었다지만 우리는 청산을 두루 밟아도 사람은 늙지 않고 절경만 찾아다니니까."

"마오 주석은 늘 긍정적이시군요. 어쩜 '꿈보다 해몽' 같긴 하지만요."

류잉은 마오쩌둥과 한고향 사람이었다. 모스크바 중산 대학에서 공부하고 중앙 소비에트 구역에서도 몇 년이나 일했다. 공산당 중앙에 있다가 나중에 지방으로 옮겨 가서 일하기도 했다. 두 사람은 장시 소비에트 구역에 있을 때도 가깝게 지내던 사이였다.

"류잉, 대오에서 떨어졌나 보군. 말이라도 타고 따라가지 그래요."

마오쩌둥이 장난스레 이기죽거렸다.

"제가 대오에서 떨어지긴 왜 떨어져요!"

류잉은 작은 입을 삐죽이며 대꾸했다.

"전사들이 규율을 잘 지키나 살피느라 뒤쳐졌다구요."

마오쩌둥은 류잉이 군중 규율을 점검한다는 말에 낯빛을 가다듬고 물었다.

"그래, 요사이는 좀 어떻습니까?"

"뭐, 전보다 확실히 나아졌어요."

류잉이 말했다.

"부대원들 사기가 높아지니 규율도 엄격하게 지키나 보죠. 오늘 아침에는 할머니 한 분을 만났는데 그분이 그러시잖아요. 날마다 목탁을 치면서 염불을 외는데 홍군이 오고 나선 아무리 목탁을 두드려도 울리지 않더래요. 홍군이 할머니 물건을 쓰고 돈을 목탁 안에 넣어 둔

걸 나중에야 아셨다나 뭐라나⋯⋯."

마오쩌둥이 고개를 젖히며 시원하게 웃었다.

"그런데 지난번 회의 때 엄청 다퉜다면서요?"

류잉이 떠보는 눈길로 마오쩌둥을 바라보았다.

"아니, 그런 일 없어요."

마오쩌둥이 고개를 저으며 말했다.

"물론 논쟁이야 있었지만 설득을 했지. 그걸 다퉜다고 할 수는 없지
않겠어요."

"아래에선 큰 싸움 나는 것 아닌가 하고 걱정했어요. 뭐, 어쨌든 이

젠 됐어요. 다들 이젠 희망이 보인대요. 마오 주석 동지가 지휘를 하게 된다니 마음이 놓여요."

그 말에 마오쩌둥이 웃음을 참지 못하고 말했다.

"하하하, 내가 지휘하면 마음이 놓인다? 나를 믿어 주니 고맙지만 나도 신중하지 않으면 잘못을 저지를 수 있어요. …… 당 중앙 총서기를 맡고 있는 보구 동지는 스무 살 남짓 먹었지만 아주 재능 있는 사람입니다. 사상을 실현하는 방법이 서로 맞지 않아 이렇게 되었는데, 그것만 고치면 혁명에 큰 보탬이 될 거예요."

마오쩌둥은 긴 다리로 성큼성큼 앞서갔다. 류잉은 그를 따라잡기가 힘들었다. 류잉의 거친 숨소리를 듣더니 마오쩌둥이 잠시 걸음을 멈추고는 기다려 주었다.

"문제는 잘 해결한 것 같은데 너무 늦었어요. 더 일찍 해결할 수도 있었다고 보지 않으세요?"

류잉은 한숨을 쉬고는 아쉬운 듯 말했다.

"때가 무르익지 않았던 터라 그럴 순 없었을 겁니다."

"이제야 제대로 되기는 했지만, 우리가 치른 대가가 너무 커요."

"그래요. 세상일이란 이럴 때가 많지."

마오쩌둥이 한참 걷다가 한마디 보탰다.

"만약 우리 중국 공산당이 마르크스 ─ 레닌주의를 이해하고 실천에 옮길 수 있는 역량이 충분했거나 우리가 좀 더 용기가 있는 사람들이었다면 상황이 달라졌을 수도 있겠지요."

"그런데 왜 군사 노선만 논의했다죠?"

마오쩌둥은 그저 웃기만 하다가 좀 지나서야 입을 열었다.

"글쎄. 한번 알아맞혀 보세요. 그 재미가 퍽 쏠쏠하다니까."

류잉은 도통 모르겠다는 듯 눈을 슴뻑이며 웃었다.

점심때가 가까워오자 해가 뜨거워졌다. 냇가에는 전사들이 늘어서서 마른 목을 축였다. 류잉도 냇가로 달려가 물을 몇 모금 떠 마시고는 달려왔다. 그러더니 갑자기 뭐가 생각난 듯 물었다.

"참, 요사이 허쯔전 동지한테 가 보았어요? 배가 많이 불렀다던데."

"그래요. 여성 동지들이 정말 고생이 많지. 금방 아이를 낳을 것 같은데 이런 형편이라 당장 어찌해야 할지 모르겠어요."

마오쩌둥이 걱정스러운 듯 대답했다.

"인민들한테 맡길 수는 없을까요?"

"그럴 수도 있지만 어떻게 될지 누가 알겠나. 우선 조직에서 나한테 나눠 준 들것을 그이한테 보내긴 했는데……."

"어휴, 저는 결혼 같은 건 하지 않을 거예요."

류잉이 말했다.

"그렇다고 영원히 결혼하지 않을 수야 없지 않나?"

마오쩌둥이 웃으면서 대꾸했다.

산등성이가 길고 느리게 뻗어 있었다. 홍군은 좁은 산골짜기에 들어섰다.

마오쩌둥이 이곳 인민들 형편은 어떤지 물어보려는데 뒤에서 다급한 말굽 소리가 들려왔다. 저우언라이가 대춧빛 말을 타고 달려오고 있었다.

쭌이 회의가 끝난 뒤에도 저우언라이는 여전히 가장 바쁜 사람이었다. 작전 계획을 짜려면 정찰대를 꾸려 정보를 모은 뒤 회의를 열어 머리를 맞대야 했다. 그리고 작전 계획이 나오면 계획이 하나하나 이루어질 수 있게 일을 해야 했다. 그러니 그는 남보다 먼저 갈 때도 있고 한참 뒤처질 때도 있었다.

오늘 행군을 시작할 때도 저우언라이는 1군단에서 보낸 전보를 받느라 늦게 출발했다. 마오쩌둥이 길가에 서서 저우언라이가 오기를 기다렸다가 웃으며 물었다.

"언라이, 말이 주인을 잘못 만났군. 말을 한번 봐요. 당장 지쳐 쓰러질 지경인데?"

저우언라이는 말에서 내려 류잉에게 고개를 끄덕여 보이고는 마오

쩌둥 곁으로 다가갔다.

"빨리 오려고 했는데 갑자기 일이 생겨서 그걸 처리하느라 늦었어
요."

"무슨 일이 생겼길래?"

마오쩌둥이 물었다.

"또 그 리더가 말썽이지. 취사병 몇을 논에 빠뜨렸어요."

"아니, 왜?"

"그게……."

저우언라이가 마오쩌둥과 함께 걸으면서 말했다.

"리더는 대오와 함께 출발하지 않고 언제나 늦게 떠나지 않습니까.

리더가 뒤따라오면 부대는 또 길을 내줘야 한단 말입니다. 오늘은 마침 취사반이 리더 앞에서 걷고 있었는데, 큰 솥이랑 기름통을 지고 논두렁을 걷고 있어서 길을 내줄 수 없었대요. 몇 번 소리를 쳐도 사람들이 가만히 있으니까 자기를 존중하지 않는다고 화를 버럭 내더니만, 말을 타고 가다가 취사병들을 모두 논밭에 떠밀었다지 뭡니까."

"아니, 어떻게 그럴 수 있나?"

마오쩌둥이 이마를 찡그렸다.

"그러게 말입니다. 취사병들이 가만있겠습니까? 내가 뒤따라가 보니 취사병들이 흙탕물을 뒤집어쓴 채 한창 따지고 있었어요. 내가 리

더를 몇 마디 나무라서 떼 놓았습니다."

"리더는 지금 어딨답니까?"

"화가 안 풀리니까 지난 회의 때 일까지 들먹였어요. 우리가 자기더러 중국 혁명전쟁의 특징을 모른다고 나무랐으니, 아래에 내려가 직접 겪어 보겠답니다. 그래 자기는 중앙 종대를 따라가지 않겠대요. 그래서 내가 그렇게 하라고 했어요."

마오쩌둥이 길게 한숨을 쉬었다.

"아무래도 아직 노여움이 남아 있는 것 같군."

그러더니 그는 적정을 묻는지 저우언라이 귓가에 대고 뭔가를 소곤

거렸다.

"두 분 말씀 나누세요. 저는 어서 부대를 따라가 봐야겠어요."

눈치 빠른 류잉이 재빨리 경례를 하고는 앞으로 달려갔다. 저우언라이는 길에서 좀 떨어진 웅덩이에 커다란 삼나무가 시원한 그림자를 드리우고 있는 것을 보고 말했다.

"저리로 가서 얘기하지요."

가까이 가 보니 나무는 육칠 층 높이는 되었고, 일여덟 사람이 둘러싸도 모자랄 정도로 굵었다. 정말 비범한 기상으로 우뚝 서 있었다. 마오쩌둥은 저도 모르게 걸음을 멈추고 놀라워했다.

"이렇게 큰 삼나무는 처음 보는데⋯⋯. 사저우바沙洲壩 사주패에 있는 우리 소비에트 문어귀의 그 녹나무보다도 더 크군."

저우언라이도 웃으면서 맞장구쳤다.

"그야말로 삼나무 왕이라 할 만하군!"

두 사람은 땅 위로 불룩 솟은 삼나무 뿌리에 나란히 앉았다. 호위병
들은 말을 데리고 한쪽으로 가 풀을 먹였다.

저우언라이는 앉자마자 검은색 가죽 가방을 열었다. 그가 참모장이

나 호위병한테 맡기는 일 없이 늘 메고 다니는 가방이었다. 가방 안에는 군용 지도, 설계도, 종이와 겨우 잡고 쓸 만한 연필 꽁다리가 들어 있었다. 언제 어디서나 작전을 짜기 위해서였다.

저우언라이는 1군단에 있는 린뱌오와 녜룽전에게 받은 전보를 마오쩌둥에게 보여 주었다. 그러고는 오만분의 일짜리 츠수이 강 지도를 무릎 위에 꺼내 놓고 지도를 가리켰다.

"지금 쓰촨의 두 개 여단이 츠수이 강에 이르러 1군단의 앞길을 막고 있습니다. 이번에는 강을 건너는 게 쉽지 않을 것 같아요."

"적군이 금방 이르렀답니까?"

마오쩌둥이 생각에 잠긴 채 전보를 보며 물었다.

"이 두 개 여단은 배로 실어 왔다는 이야기가 있습니다."

"음. 그렇다면 류샹劉湘 유상이 벌써 우리 계획을 알아차렸단 말이
군."

"그렇지요."

저우언라이가 고개를 끄덕였다.

"처음에는 우리가 치 강綦江 기강을 건너리라 판단하고 두 개 여단을
치 강에 배치했는데, 퉁즈를 지나 서쪽으로 가니까 우리 생각을 눈치
챈 것 같아요."

마오쩌둥이 이마를 잔뜩 찌푸렸다.

"츠수이 성이 얼마나 튼튼하지?"

"인민들한테 물어보니 상당히 견고하다던데. 그래서 1군단이 공격
을 해야 할지 말아야 할지 고민하고 있어요."

마오쩌둥은 지도를 가져다 자세히 들여다보았다. 저우언라이는 치

강과 간수이赶水 간수, 스하오石豪 석호 몇 곳을 가리키며 말했다.

"정작 가장 긴박한 건 우리 뒤쪽입니다. 궈郭 곽 고양이가 벌써 따라 왔어요."

"궈 고양이라니?"

"쓰촨 군대 예비 부대 지휘관이자 모범 사단 부사단장을 맡고 있는 궈쉰치郭勛祺 곽훈기 말입니다. 약빠르고 교활한 자인데 류샹한테는 고분고분하다고 사람들이 그렇게 부른답니다. 이번에 제대로 솜씨를 보여 모범 사단 사단장으로 승진할 생각으로 차 있다지요. 워낙은 량춘에서 우리를 막으려고 했는데 그러질 못해서 지금 우리 뒤를 바싹 쫓고 있어요."

마오쩌둥이 군용 지도에서 고개를 들며 말했다.

"보아하니 싸우지 않고는 강을 못 건널 것 같은데……."

마오쩌둥은 지도를 저우언라이에게 돌려주더니 몸을 일으키고는 길게 뻗은 골짜기를 죽 훑어보았다. 그의 눈은 마치 타오르는 불꽃처럼 반짝였다.

"이 일대는 지형이 아주 좋군."

"내 생각도 그래요."

저우언라이가 지도를 가방에 넣으며 말했다.

"반드시 적의 기세를 꺾어 놓아야 합니다."

"총사령관은 아마 투청에 이르렀을 겁니다. 같이 의논해 보지요."

두 사람은 냇가에서 올라와 말을 타고 나란히 걸었다. 골짜기를 따라 흐르는 냇물 소리가 어찌나 우렁찬지 이야깃소리는 더 이상 들리지 않았다. 둘은 곧 빽빽한 밀림 속으로 사라졌다.

중앙 종대와 3·5·9군단은 1935년 1월 26일과 27일에 투청에 이르렀다. 쓰촨 군대의 모범 사단도 뒤따라 투청에 닿았다. 3군단이 맨먼저 싸움이 붙었다. 투청 진은 이른 새벽부터 쿵쿵 포성이 울리면서 시뿌연 화약 연기가 감돌았다.

투청은 작지만 아주 번화한 도시였다. 길에는 모두 반듯한 돌판이 깔려 있었다. 투청은 이웃 마오타이 진茅臺鎭 모대진처럼 이름난 술의 도시이기도 했다. 쓰촨의 소금을 물길에 실어 와 파는지라 도시는 늘 북적였다. 마오쩌둥은 투청에 오면 술을 좋아하는 사람은 서둘러 마시되 취해서는 안 된다고 농담 삼아 말했다. 투청에 닿은 뒤 홍군 전사들은 술을 나누어 받았다. 사람들이 이제 막 한 잔 들이키려는데 적들이 왔다는 소식이 들렸다.

"뒈질 놈들! 쓰촨 놈들은 정말 개자식들이군. 막 한잔 마실까 했는데 오다니."

"그러게. 왜 하필 지금이야, 우라질!"

전사들은 욕을 퍼부으며 총을 들고 일어섰다.

투청은 츠수이 강가라기보다 강이 내려다보이는 산기슭에 자리 잡은 동네였다. 츠수이 강은 윈난 진雲南鎭 운남진에서 가파른 물살을 타고 내려와 깊은 골짜기를 따라 흘렀다. 투청에서 츠수이 강에 이르는 산기슭은 높고 가팔랐다. 하지만 적들이 차지하고 있는 칭강포青杠坡 청강파는 투청의 머리 위라고 해도 좋을 만큼 높은 곳이었다. 상황은 아

주 위험했다. 홍군은 강을 등진 채 적을 올려다보며 공격해야 했다.

마오쩌둥은 투청 거리에 있는 아이화愛華 애화 상점 뒤뜰에 머물고 있었다. 어제 마오쩌둥과 저우언라이, 주더, 보구, 왕자샹이 여기에 모여 오랫동안 이야기를 나눴다. 결론은 싸울 수밖에 없다는 쪽으로 기울었다. 적은 두 개 여단에 모두 네 개 연대뿐이라서 투청에 있는 병력으로도 쉽게 무찌를 수 있었다. 게다가 적들이 벌써 츠수이 강 기슭에 진을 치고 있어 모조리 없애 버리지 않고 강을 건넌다면 꽤 위험했다.

홍군은 3군단을 중심으로 전투를 시작했다. 하지만 적들이 어찌나 사납게 날뛰는지 홍군을 츠수이 강에 쓸어 넣을 듯한 기세였다. 지휘

부는 다시 아이화 상점 뒤뜰에 모여 머리를 맞댔다. 주더가 아무래도 몸소 전선에 나가 봐야겠다며 나섰다. 마오쩌둥은 낡은 법랑 컵에 물을 마시다가 펄쩍 놀라 다급히 컵을 내려놓고 말했다.

"총사령관, 아직 때가 아니지 않습니까."

저우언라이도 손을 저으며 반대했다.

"안 됩니다. 안 돼요. 난 동의할 수 없습니다."

다른 사람들도 고개를 저었다.

"왜 안 되지요?"

주더는 속이 달았다.

"만약 오늘 귀 고양이를 없애지 못한다면 상황이 더 나빠질 수 있단

말입니다!"

마오쩌둥은 담배에 불을 붙여 물고 천천히 원을 그으면서 말했다.

"펑더화이와 류보청이 모두 앞에 있지 않습니까."

주더는 늘 조용하고 남과 얼굴 붉히는 일이 없는 사람이었지만 오늘은 짙은 눈썹을 찡그리며 뜻을 굽히지 않았다.

"몇 개 군단이 모두 그곳에 있으니 내가 가면 더 좋겠지요."

그러자 마오쩌둥은 입을 꾹 다물고 담배만 피워 댔다. 한 모금 빨고는 천천히 연기를 내보내는 품이 제법 태연했다. 한 대를 다 피우고 나서 이제는 말을 하겠지 했는데 또 한 대를 꺼내 상에다 툭툭 치고는 피우던 담배로 불을 붙였다.

주더는 인내심이 바닥나고 있었다. 온갖 어려움을 이겨 온 불그레한 얼굴에는 초조함이 깃들었다. 그는 짙은 눈썹을 찌푸린 채 붉은 오각별이 달린 모자를 벗고는 머리를 쓸어 넘기며 말했다.

"자, 친구들. 나를 보내 주세요. 홍군이 이길 수만 있다면 나 하나쯤 뭐 대수란 말입니까?"

웬만해서는 화를 내지 않는 사람이 화를 낼 때는 존중해 주어야 한다는 것을 마오쩌둥은 잘 알고 있었다. 옛 친구가 이렇게까지 말을 하자 그도 고개를 끄덕이는 수밖에 없었다.

아침을 먹고 마오쩌둥, 저우언라이, 장원톈, 왕자샹, 보구가 모두 나와 주더를 바랬다. 총사령관이 직접 전쟁터에 나간다는 소식에 본부가 술렁였다. 참모들과 간부들도 모두 달려 나와 투청 거리 널찍한 곳에 모였다.

주더는 새 것처럼 깨끗한 회색 외투를 입고 허리띠를 꽉 졸라맸다. 다리에는 각반을 차고 등에는 장시에서부터 쓰던 삿갓을 멨는데, 아주 깔끔해 보였다. 붉은 별을 단 모자 아래로 눈썹 짙은 투박한 얼굴이 드러났다. 오늘따라 굳은 결의가 흘렀다. 그는 씩씩한 모습으로 성큼성큼 앞서 걸었다. 뒤에는 권총반의 위안궈핑袁國平 원국평이 따랐다. 위안궈핑은 권총을 어찌나 잘 쏘는지 백발백중이나 다름없었다. 그래서 늘 자신감 있게 웃는 모습이었다. 오늘도 그는 웃음을 잃지 않았다. 마치 이 위안궈핑이 있는 한 총사령관의 안전은 걱정 말라고 말하는 것 같았다.

산 저쪽에서 포성이 더 세차게 울렸다. 주더는 자신을 우러러보는 사람들 앞으로 걸어 나갔다. 어딘지 긴장한 듯 보였다. 마오쩌둥은 주더가 다가오자 다급히 나서서 두 손으로 주더의 손을 꽉 잡았다.

"이러면 안 됩니다. 이러면 안 돼요. 예의가 차고 넘치는군. 정말 과분해요!"

주더가 어쩔 줄 몰라 하며 말했다. 마오쩌둥이 얼른 말을 받았다.

"당연히 이렇게 해야지요, 총사령관! 천길 타오화탄桃花潭 도화담 물보다 형제간의 정이 더 깊다지 않습니까."

저우언라이와 장원톈, 왕자샹, 보구도 너도나도 주더의 손을 맞잡았다.

"총사령관, 몸조심하십시오."

포성은 갈수록 거세졌다. 포탄 몇 발이 쉭쉭 날아가더니 강가에서 터지면서 짙은 연기가 치솟았다.

"다들 마음 놓으세요!"

주더는 단호히 등을 돌려 총포 소리가 시끄러운 곳으로 말을 달렸다. 위안궈핑이 그 뒤를 바싹 따랐다. 몇몇 참모들도 산 위로 난 오솔길로 들어섰다.

마오쩌둥이 저우언라이를 불렀다.

"갑시다. 우리도 지휘소로 가야지요."

　늘 전쟁터에서 살아온 사람답게 마오쩌둥과 저우언라이는 작전실
안에서 지도만 붙들고 앉아 싸움을 지휘하는 일이 없었다. 할 수만 있
다면 싸움터로 달려갔다. 산에서 싸울 때는 더더욱 전장에 직접 가서
지형을 살폈다. 그래야 전세를 한눈에 볼 수 있고 무슨 일이 일어나도
제때 대처할 수 있었다.

　마오쩌둥과 저우언라이는 작전국 참모들의 안내를 받으며 투청을
나섰다. 그들은 구불구불한 오솔길을 따라 산을 오르기 시작했다. 반
시간쯤 뒤 산봉우리에 다다랐다. 작전국장 쉐펑이 두 사람을 기다리

고 있었다. 곁에는 전화기가 한 대 있었는데 금방 놓은 것 같았다.

"먼저 상황을 보고하겠습니다!"

마오쩌둥과 저우언라이는 고개를 끄덕이고는 나란히 산꼭대기에 올라가 싸움터의 지형을 살펴보았다. 쉐펑은 호위병들더러 산 뒤에 있는 비탈로 가 있으라며 손을 내저었다. 그러고는 싸움터 여기저기를 가리키며 전세를 보고했다.

마오쩌둥과 저우언라이는 쉐펑이 고른 이 지휘소가 마음에 들었다. 이 산은 지세가 높을 뿐만 아니라 싸움터인 칭강포 왼쪽 뒤에 있어서 전장 전체를 아주 똑똑히 볼 수 있었다.

쉐펑이 눈앞을 가로지른 큰 고개를 가리키며 말했다.

"저 잉펑딩莺蓬顶 영봉정이 바로 쓰촨 군대가 지키는 주요한 진지입니다. 우리 군대가 몇 번 공격했지만 실패했습니다."

그 고개 아래로 조롱박처럼 생긴 골짜기가 있고 멀리 산기슭에는 절이 하나 있었다. 아이들이 집짓기 놀이로 쌓은 것처럼 아주 조그맣게 보였다. 절 앞은 그다지 높지 않은 산인데, 그 둥그런 산이 바로 관펀쭈이官墳嘴 관분취라고 했다. 오늘 아침 이 작은 산과 절을 빼앗으려다 많은 이들이 죽고 다쳤다.

　"'꺽다리' 라는 대대장은 총칼로 적들을 여럿 찔러 죽이고 자신도 그
곳에서 전사했답니다. 지금 그 대대는 산과 절을 지키면서, 위를 공격
해 잉펑딩을 칠 준비를 하고 있습니다."

　쉐펑의 보고를 들으며 마오쩌둥과 저우언라이는 그곳을 한참 바라
보았다. 적의 포격이 계속되자 푸른 연기가 잇달아 치솟았다. 연기
는 천천히 위로 올라가더니 점점 산허리를 흐르는 구름 속으로 섞여
들었다.

　마오쩌둥은 뒤쪽을 돌아보았다. 깊은 산골짜기 아래로 푸른 츠수이
강이 유유히 흘렀다. 홍군 전사들이 츠수이 강에서 잉펑딩까지 이어
진 산비탈에 엎드려 공격할 준비를 하고 있었다. 마오쩌둥이 한숨을
쉬면서 말했다.

"너무 불리한 지형이군!"

저우언라이도 고개를 끄덕이고는 말이 없었다.

전방 지휘소에서 막 전화로 보고가 들어왔다. 총사령관이 싸움터에 이르러 곧 공격을 시작할 것이라고 했다.

마오쩌둥과 저우언라이는 누렇게 시든 풀이 두텁게 자라 있는 풀밭

에 앉아 조용히 공격을 기다렸다.

　좀 지나 쓰촨 군대가 지키고 있는 잉펑딩에 검은 기둥 세 개가 치솟
더니 뒤따라 중박격포 소리가 묵직하게 울렸다. 홍군의 공격 신호였
다. 때를 맞춰 경기관총과 중기관총을 한꺼번에 쏘아 댔다. 대포 몇
문은 포탄이 부족해, 치밀하게 겨눈 뒤 한 발 한 발 천천히 쏘았다. 산

골짜기는 순식간에 온갖 소리로 뒤덮였다. 어느 것이 메아리이고 어느 것이 진짜 총포 소리인지 알아차릴 수도 없었다. 곧 돌격 나팔 소리가 여기저기서 울렸다.

"돌격한다! 돌격한다!"

호위병 일여덟 사람이 뒷산 비탈에 모여 서서 얼굴이 빨개지도록 마구 소리를 질렀다. 마오쩌둥의 호위병 선은 망원경을 꺼내 들고 달려왔다.

"마오 주석 동지, 그래도 이걸로 보십시오. 육박전이 붙었습니다. 큰 칼을 막 휘두르면서······."

마오쩌둥은 싸움터만 물끄러미 바라볼 뿐 대꾸도 없이 서 있었다. 산 아래에서 금방 전사들이 돌격하며 달려가는 모습이 또렷이 보였는데, 잉펑딩 위에서 수류탄이 터져 연기가 자욱하게 차 오르자 전사들의 모습은 연기 속으로 사라져 버렸다. 연기가 서서히 흩어지면서 푸른 하늘에 홍군 전사들이 적군과 뒤엉켜 싸우는 모습이 보이기 시작했다. 돌격하는 전사들의 그림자는 한 치밖에 되지 않았지만 유달리 또렷했다. 전사들은 큰 칼을 휘두르며 적군과 맞붙어 싸웠다. 적들은 이내 산 아래로 도망치기 시작했다.

저우언라이도 눈 하나 깜짝하지 않고 잉펑딩을 지켜보았다.

"우리 전사들, 정말 대단하군!"

마오쩌둥이 쉐펑을 보면서 물었다.

"저기 저 사람들, 어느 부댑니까?"

"9군단입니다."

쉐펑이 곧바로 대답했다.

"큰 칼을 아주 잘 쓰는 전사들이지요."

총소리가 뜸해지더니 잉펑딩 위에 붉은 기가 꽂혔다. 맑은 하늘에 펄펄 나부끼는 깃발이 무척이나 산뜻해 보였다. 마오쩌둥은 그제야 마음이 놓였다.

"보세요. 총사령관이 나서니 뭐가 달라도 다르지 않습니까. 사기들이 얼마나 높아요."

"싱궈, 물을 좀 가져오지."

저우언라이가 흥분을 가라앉히려는지 호위병을 불렀다. 싱궈가 달려오더니 얼른 물통을 건넸다. 마오쩌둥은 물을 마시고는 물통을 되돌려 주며 말했다.

"우리가 그동안 술로 이름난 도시를 지켰는데 왜 술 한 통도 안 받아 놓았습니까?"

"어제 많이 마셔서 따로 받아 두지 않았어요."

"참, 이 츠수이 강가에서 난 술은 맛도 빛깔도 다르다는 걸 왜 모르지? 가져왔더라면 내가 멀리서라도 우리 총사령관한테 한 잔 올릴 텐데 말이야."

"그럼 저녁에 마시도록 해요."

저우언라이가 웃으면서 말했다. 전장에선 이따금 총소리가 들릴 뿐 조용했다. 양쪽 모두 병력을 추스르고 있는 것 같았다.

점심때가 지나자 취사병들이 밥을 날라 왔다. 고기만두를 보자 모두들 탄성을 질렀다.

밥을 다 먹기가 바쁘게 미친 듯이 쏘아 대는 총소리가 잉펑딩을 뒤덮었다. 홍군은 순식간에 연기와 불길 속에 휩싸였다. 이어 적들이 공

격해 왔다. 잃어버린 진지를 다시 찾으려는 것이다. 반 시간 남짓 싸운 뒤에야 적을 물리칠 수 있었다. 붉은 기는 여전히 시뿌연 화약 연기 속에서 나부꼈다.

전장은 또다시 조용해졌다. 정신을 모으고 망원경으로 싸움터를 살피던 쉐펑이 갑자기 나직이 소리쳤다.

"저우 부주석 동지, 저기 보십시오. 적들이 이쪽으로 움직이고 있습니다."

저우언라이가 재빨리 일어서며 망원경을 들고는 물었다.

"어딥니까?"

"칭강포 뒤쪽을 보십시오. 저 거무스레한 골짜기 말입니다."

"아, 보입니다."

저우언라이가 대답했다.

"적들이 우리가 있는 쪽으로 에돌아 오려는 것 같군요."

마오쩌둥도 망원경을 들고 자세히 보면서 말했다.

"정면 공격으로는 안 되니까."

그는 망원경을 내려놓으며 쉐펑에게 고갯짓을 했다.

"어서 총사령관한테 전화를 걸어서 어찌 된 일인지 물어보세요."

쉐펑이 서둘러 전화를 돌렸지만 전화선이 끊겼는지 연결이 되지 않았다.

"저기 통신원들이 보입니다!"

호위병들이 쟁쟁한 목소리로 외쳤다. 산 밑 홍군 진지 아래 떡갈나무 숲에서 붉은 말 두 필이 뛰어나오더니 넓은 벌판을 가로질러 나는 듯이 달려오고 있었다. 적들이 양쪽에서 총을 쏘아 대는지 말이 달리는 앞뒤, 좌우로 먼지가 풀썩풀썩 일었다. 그들은 겨우 이쪽 산비탈에 있는 떡갈나무 숲 속으로 들어섰다.

"어서, 어서 맞으러 가세요!"

쉐펑이 통신원을 시켜 재빨리 두 기병 통신원을 맞아 산으로 올라왔다. 통신원들은 얼굴이 땀으로 뒤범벅된 채 편지 한 통을 건넸다.

편지는 총사령관이 보낸 것이었다.

누런 종이에 세 가지 내용이 씌어 있었다.

첫째, 정찰을 정확하게 하지 못했다. 적이 두 개 여단 네 개 연대라고
　 했는데, 금방 잡은 포로가 두 개 사단 여덟 개 연대라고 털어
　 놓았다.
둘째, 지금 적의 증원 부대 두 개 사단이 벌써 잉펑딩에 이르렀다.
셋째, 적들은 우리 홍군을 우회하려고 하니 반드시 조심하기 바란다.

저우언라이가 편지를 받아 보고는 마오쩌둥에게 건넸다.

마오쩌둥이 편지를 다 보지도 못했는데 백군이 쏘아 대는 포탄이
계속해서 앞산에 떨어졌다. 기관총 소리도 여기저기서 울리기 시작
했다. 적들이 멀지 않은 곳에 있는 것이 분명했다. 호위병들은 잔뜩
긴장해서 작전국장 쒜펑을 바라보았다. 지휘소 안에는 무거운 침묵
이 흘렀다.

쒜펑은 지휘소 쪽으로 이동하고 있는 적을 냉정하게 바라보면서 불
안한 듯 물었다.

"마오 주석 동지, 저우언라이 동지, 지휘소를 옮겨야 하지 않을까
요?"

마오쩌둥은 저우언라이를 한 번 바라보더니 사람들 쪽으로 고개를
돌리고는 대답했다.

"당황할 것 없어요. 앞에 호위하는 중대도 있고 총사령관도 있는데
어디로 도망간단 말입니까?"

그러더니 다시 저우언라이를 보았다.

"이놈들이 정말 주제 파악을 못 하는군. 간부 연대를 보내야 하지 않을까?"

"그러는 게 좋겠습니다."

저우언라이가 즉시 쉐펑에게 말했다.

"어서 천경陳賡 진갱한테 전화를 하세요. 당장 적을 소탕하라고 전해요!"

곧 러우펑우漏風拗 누풍아라고 부르는 산골짜기에서 한 부대가 달려나왔다. 장시 소비에트 구역에 있는 홍군 학교와 궁뤠攻略 공략 보병 학교 졸업생들을 모아 꾸린 간부 연대였다. 부대원들이 모두 간부들이라 군사 경험이 많고 용감했다. 그들은 마오 주석과 저우 부주석이 내린 명령이 떨어지자마자 날쌘 호랑이처럼 앞으로 달려나갔다. 얼마 지나지 않아 간부 연대는 앞산을 점령하고 적을 칭강포 쪽으로 내몰았다.

곧 전화벨이 울리더니 전방 지휘소에서 간부 연대가 이미 적의 사단 지휘부에 접근하고 있다는 소식이 들렸다. 마오쩌둥은 너무 기뻐서 입을 다물지 못했다.

"천경이 정말 잘하는군! 군단장을 맡겨도 되겠는데."

쉐펑이 웃으면서 말했다.

"이 싸움은 우리가 이길 것 같습니다. 오늘 부대를 잘 정비해서 1군단도 데려다가 내일 크게 한판 해 보면 좋겠습니다."

그러자 마오쩌둥이 손을 휘휘 내저었다.

"아니, 이건 소모전입니다. 싸워서는 안 돼요."

마오쩌둥은 의견을 묻듯 저우언라이를 바라보며 몇 마디 더 보탰다.

"우리는 적의 병력을 잘못 파악했습니다. 그리고 지형이 적한테는 유리하지만 우리한테는 아주 불리해요. 게다가 우리 병력이 제대로 모이지 않았어요. 1군단이 아직 츠수이에 있으니, 더 싸우다가는 적을 무찌를 순 있겠지만 본전도 못 찾을 겁니다. 수지가 안 맞는 싸움이에요."

저우언라이가 입을 열기도 전에 쉐펑이 먼저 발끈했다.

"그럼 궈 고양이를 살려 주는 겁니까? 제가 보기에는 적의 '모범 사단' 이래야 이 정도인걸요."

"그래도 할 수 없지. 감정에 흔들려서는 안 됩니다."

저우언라이가 한참 생각하더니 말을 꺼냈다.

"맞아요. 계속 싸운다면 확실히 잃는 게 많을 겁니다. 우리의 전략 목표가 타격을 받을 수 있어요."

마오쩌둥도 한숨을 쉬면서 괴로운 듯 말했다.

"우리가 적을 너무 얕봤습니다. 치밀하게 준비하지 못했어요."

"우리 모두 책임이 있지요."

저우언라이가 말을 받았다.

"쓰촨 군대랑은 싸운 적이 없어서 막연히 구이저우 군대하고 비슷

할 거라고 생각했거든."

마오쩌둥이 말을 받았다.

"언라이, 나는 내일 츠수이를 건너 먼저 구린 古蘭 고린에 집결했다가
상황을 보고 다음 행동을 결정하는 게 좋을 것 같은데. 어때요?"

"좋습니다. 그렇게 합시다."

저우언라이가 단호하게 말했다.

"하지만 강을 건너려면 무엇보다 부교를 놓는 일이 중요해요."

마오쩌둥이 웃었다.

"그건 아마 당신이 직접 해야 할 것 같군."

저우언라이는 그러마 대답하고는 주 총사령관과 류보청은 계속 전선에서 지휘하도록 하고, 부상병을 추스르는 일은 천원에게 맡기겠다고 덧붙였다. 어쨌든 모든 일을 오늘 밤 안에 끝내야 했다. 마오쩌둥은 고개를 끄덕이며 말했다.

"부대에 있는 짐을 한 번 더 정리해야 할 겁니다. 포탄도 없는 대포

몇 문 때문에 사람이 지쳐 죽게 생겼으니 차라리 츠수이 강에 버리는
게 나을 것 같아요."

저녁 해가 짙은 자줏빛 노을에 싸인 채 푸른 산 너머로 지고 있었
다. 산속에는 벌써 한기가 스며들었다. 마오쩌둥은 산 위에 남았고 저
우언라이는 투청으로 돌아갔다. 아무런 재료도 없이 하룻밤 사이에
다리를 놓아야만 했다.

저우언라이는 본부 공병 중대와 각 군단 공병 중대 간부들을 모아 놓고 다리 놓을 방법을 찾았다. 다리 놓을 곳도 함께 둘러보았다. 하지만 작전실에 돌아와서도 저우언라이는 여전히 마음을 놓을 수 없었다. 다리 놓는 데 필요한 배, 문짝, 밧줄 같은 물건을 모두 마을에서 모으거나 사야 하는데 시간이 없었다.

자정이 지나 쌀쌀해지자 몸이 오싹해 왔다. 저우언라이는 외투를 걸치고 작전실에 앉아 있었다. 칭강포에서 이따금 들려오는 총포 소리와 츠수이 강에서 쉴 새 없이 들려오는 물결 소리가 그를 불안하게 했다. 여태 상황을 살피고 오라며 참모를 보내 놓고도 마음이 놓이지 않아 벌써 두 번이나 강가에 나가 보았다.

아까도 공병들은 다리를 놓는 데 쓸 문짝을 모으느라 바빴다. 다리를 놓기 시작했지만 재료가 모자라 어느 때건 중단될 수 있었다. 만약 동트기 전에 다리를 놓지 못한다면 전군이 위태롭게 된다. 저우언라이는 여기까지 생각이 미치자 도저히 가만 앉아 있을 수 없었다.

그가 막 자리를 박차고 일어서는데 전화벨이 울렸다. 수화기를 드니 짙은 후난 사투리가 들려왔다.

"언라이, 다리는 어떻게 돼 갑니까?"

마오쩌둥이었다.

"반은 놓았으니 동트기 전에는 다 놓을 수 있을 겁니다."

그는 마음이 놓이는지 전화를 끊었다. 하지만 저우언라이는 잠시도 머뭇거릴 수 없었다.

"여ᄆ여 동지, 우리 나가 봅시다."

여 참모는 건전지 세 개를 넣어야 하는 긴 손전등을 들고, 호위병

싱궈는 램프를 든 채 앞장섰다. 저우언라이는 울퉁불퉁한 투청 거리를 빠져나와 길고 가파른 내리막길을 걸어 츠수이 강가에 이르렀다.

밤바람은 몹시 차가웠다. 거센 물살 소리에 귀가 멀 것만 같았다. 공병들은 햇불과 램프를 켜 들고 바삐 움직였다. 키 작은 중대장 딩웨이가 다릿목에 서서 전사들을 지휘하고 있었다. 저우언라이가 다가가도 알아채지 못하자 여 참모가 소리쳤다.

"딩웨이, 누가 왔나 보세요!"

딩웨이는 저우언라이라는 걸 알고는 타박하듯 말했다.

"어이구, 저우 부주석 동지, 왜 또 오셨습니까? 금방 좀 쉬시겠다고 하지 않았습니까."

"마음이 놓여야지……."

저우언라이가 웃으며 말했다.

"다 돼 갑니까?"

공병 중대장은 강 건너편을 가리키면서 걱정스럽게 대답했다.

"배 두 척이 모자라 강기슭에 못 닿고 있습니다."

강기슭에 우뚝 선 큰 나무에 굵다란 밧줄이 두 가닥 매어 있고 배 대여섯 척이 그 밧줄에 묶여 있었다. 배와 배 사이는 문짝으로 이어 놓았다. 그런데 배 두 척 길이가 모자라 다리가 중간에 끊겨 있었다.

"다른 방법은 없습니까?"

저우언라이가 물었다.

"마을에 늙은 뱃사공이 한 사람 있는데 그 사람 친척집에 배 두 척 이 있다는 얘기를 들었습니다."

"어서, 어서 사람을 보내서 그 뱃사공을 모셔 오세요!"

반 시간쯤 지나 통신원이 램프를 들고 높은 강기슭에서 노인 한 사람을 데리고 내려왔다. 노인은 긴 담뱃대를 들었는데, 헌 솜옷에 허리띠를 두르고 있었다. 머리와 수염이 온통 하얗게 세긴 했어도 혈기가 넘치고 몹시 튼튼해 보였다. 저우언라이가 노인을 맞으며 물었다.

"어르신, 연세가 어떻게 되십니까?"

"일흔셋이네. 이젠 염라대왕을 만나러 갈 때도 되었지."

노인이 웃으며 대답했다.

"어르신, 어르신께서도 고생고생하며 가난하게 살아오신 분이니 우

리 홍군을 좀 도와주십시오."

"암, 여부가 있나!"

노인은 담뱃대를 빨면서 히죽이 웃었다.

"자네들은 우리한테 양식도 나누어 주고 소금도 나누어 주었잖나. 내가 평생 남의 배를 몰고 소금을 날랐지만 주인이 언제 소금 한 줌 거저 준 적이 없었거든."

"우리 홍군은 인민들 편에 선 사람들 아닙니까."

저우언라이가 웃으면서 말했다.

"보십시오, 어르신. 다리를 거의 다 놓았지만 배 두 척이 없어 야단입니다. 방법이 없겠습니까?"

"우리 친척한테 두 척이 있기는 한데, 여기서 십 리 밖이라네."

노인은 담배를 두어 모금 빨고는 천천히 대답했다.

"어르신, 걸어갈 수 있겠습니까?"

"그럼, 십 리 쯤이야. 몇 살만 더 젊었다면 자네들을 따라갔겠지."

"그럼 어르신한테 신세를 좀 지겠습니다."

저우언라이가 깍듯하게 인사를 건넸다.

"신세라니! 자네들이 그 잔나비 군대와 쥐 고양이를 친다는 말에 얼마나 기뻤는지 모르네."

"그런데 왜들 잔나비 군대라고 부릅니까?"

"어이구, 입에 담기도 부끄러운 일이네."

노인은 담뱃대를 신발 바닥에 탁탁 치면서 말했다.

"쥐 고양이 그놈이 거느린 사단 병사들은 밤만 되면 나와서 백성들 집에 기어들거든. 짐승 같은 놈들……."

노인은 욕을 퍼부으면서 공병 중대 사람들과 츠수이 강가를 따라 걸음을 다그치더니 이내 어둠 속으로 사라졌다.

"저우 부주석 동지, 어서 돌아가 쉬십시오. 다시는 오지 마십시오. 날 밝기 전에 꼭 마무리하겠습니다."

딩웨이가 얼른 다가와 애걸하다시피 말했다.

"네. 어련히 알아서들 잘하겠습니까."

여 참모도 곁에서 거들었다. 저우언라이는 지친 걸음을 옮겨 높은 강기슭으로 올라갔다.

새벽 네 시, 마침내 세 갈래 종대가 모두 지나갈 수 있는 다리가 완공되었다. 저우언라이는 서둘러 램프를 챙겨 들고 아이화 상점 뒤뜰로 달려갔다. 마오쩌둥이 유리창 너머 어두운 불빛 아래에서 초조하게 서성이고 있었다. 호위병 선은 구석에 놓인 상에 엎드려 꾸벅꾸벅 졸았다.

"마오 주석, 눈을 좀 붙이지 않구요."

저우언라이가 들어섰다. 마오쩌둥은 저우언라이의 낯빛이 밝아 보이자 소리치듯 물었다.

"다리를 다 놨나 보군!"

저우언라이가 고개를 끄덕였다. 마오쩌둥은 그제야 마음이 놓이는지 숨을 길게 내쉬고는 저우언라이를 당겨 자리에 앉혔다.

"이젠 한시름 놨습니다. 언라이, 강을 건넌 다음 한숨 잘 자도록 하세요."

저우언라이가 말했다.

"이미 부대에 강을 건너라고 했습니다. 1군단은 상류에 있는 위안허우창猿猴場 원후장에서 강을 건너기 시작했어요. 하루쯤이면 다 건널 수 있겠지요."

"잘됐군요."

마오쩌둥이 말했다.

"천원 동지는 부상병들을 실어 나를 수 있도록 다 준비해 놓았답니다. 쉬운 일이 아니었을 텐데 대단한 사람이에요."

그때 밖에서 귀에 익은 쓰촨 사투리가 들려왔다.

"당신들은 아주 신이 났구만."

주더가 방 안으로 들어서며 말했다. 뒤에는 위안궈핑이 따랐다. 주더는 온통 먼지투성이에다 좀 지쳐 보였지만 눈은 여전히 부리부리했다. 위안궈핑은 임무를 잘 마친 사람답게, 자랑스러운 표정으로 싱글

거리며 서 있었다.

마오쩌둥이 급히 주더를 맞아 의자에 앉히며 말했다.

"총사령관, 수고가 정말 많았습니다!"

주더는 수더분하게 웃기만 할 뿐 대꾸가 없었다. 그러자 위안귀핑
이 입을 열었다.

"총사령관 동지는 이번에 진짜 대단하셨습니다."

"뭐가 진짜라는 거지?"

마오쩌둥이 웃으며 물었다.

"진지에 이르자마자 총사령관 동지가 사람들을 모아 놓고 그러셨거든요. '동지들, 오늘 여기서 죽겠습니까, 아니면 살겠습니까? 살고 싶다면 우리는 이 싸움을 꼭 이겨야 합니다. 죽고 싶다면 뒤에 츠수이 강이 있습니다. 동지들은 당 중앙을 지키겠다고 한 사람들입니다. 그 당 중앙이 바로 여기에 있습니다.' 그 말이 끝나기가 무섭게 전사들은 한 손에 수류탄을 들고 다른 한 손에는 칼을 들고 달려 나갔습니다. 그길로 단번에 잉펑딩을 점령했지요. 총사령관 동지도 부대를 따라 돌격해 올라가셨습니다. 어찌나 빠른지 도저히 막을 수 없었습니

다. 그런데 난데없이 적병 이삼십 명이 나타나서 고함을 지르며 총을 쏴 대는 게 아니겠습니까. 총사령관 동지는 호위병이 차고 있던 스무 발짜리 모제르총을 뽑아 들고 뚜르르 몇 놈을 꼬꾸라뜨렸습니다. 나머지는 제가 해치웠지요."

마오쩌둥과 저우언라이는 시원스레 웃었다. 마오쩌둥이 말했다.

"총사령관, 이번이 마지막입니다. 앞으로는 절대 이렇게 나서면 안 됩니다."

주더가 허허 웃으며 대꾸했다.

"그래도 어찌 된 일인지 여태 부상 한번 입은 일이 없어요. 아무래도 탄알이 알아서 날 피해 가는 것 같단 말이야."

그 말에 사람들은 또 한바탕 웃음을 터뜨렸다. 마오쩌둥이 곁에 선 호위병에게 고갯짓을 했다.

"선, 총사령관한테 찻물이나 한잔 따라 드리지."

호위병이 큰 물 주전자를 들고 물을 끓이러 나가자 위안궈핑도 곧 뒤따라 나갔다. 그러자 마오쩌둥이 주더 쪽으로 고개를 숙이더니 원래 계획을 포기하고 츠수이 강을 건너는 게 어떻겠냐며 물었다. 주더는 잠시 생각해 보고는 고개를 끄덕였다.

조금 뒤 호위병이 펄펄 끓는 물을 주전자째 들고 들어와서 한 컵씩 따라 주었다. 저우언라이가 뜨거운 물이 담긴 컵을 두 손으로 감싼 채 물었다.

"마오 주석, 총사령관 동지가 오면 한잔 하겠다고 하지 않았습니까?"

"아, 내가 깜빡했군."

마오쩌둥이 웃으면서 말했다.

"추운 밤에 손님이 오면 찻물로 술을 대신한다지만 그거야 술이 없으니 하는 말이고, 여기야 술의 도시인데 어찌 찻물로 대신할 수 있겠나. 선 호위병, 우리한테 술이 좀 있나?"

"네. 마침 마부 위于우 동지가 받아 둔 술이 있습니다. 제가 가서 가져오지요."

이윽고 선은 술이 담긴 군용 물통을 가져와 저마다 반 대접씩 따라 주었다. 마오쩌둥은 술잔을 들어 주더, 저우언라이와 잔을 부딪치고는 단숨에 들이켰다. 그러더니 아쉬움을 곱씹듯 느릿느릿 말했다.

"이번엔 본때를 보여 주지 못했어요. 다음에는 정말 혼쭐을 내 줘야 합니다."

탁자 위에서 전화벨이 울렸다. 몇몇 전사들이 강을 건너지 않겠다고 버티고 있으니 저우 부주석 동지가 얼른 강가로 와 보셔야겠다는 작전실 전화였다.

저우언라이는 서둘러 램프를 들고 강가로 나갔다. 이미 날이 희붐히 밝아 모여 선 사람들이 어렴풋이 보였다. 서로 다투는 소리도 나지막하게 들려왔다. 여 참모가 달려와서 말했다.

"이 포병 중대는 규율이 정말 형편없습니다. 짐을 줄여야 하니까 대포를 강에 버려야 한다고 했더니 기어코 싫다는 겁니다. 아무리 위에서 내려온 규정이라고 해도 못 믿겠답니다. 기어이 군사 위원회의 동지가 직접 와서 전달해 달라지 않습니까."

"포병 중대 간부들은 뭐 한답니까."

저우언라이가 말했다.

"간부들도 소극적입니다."

여 참모가 화가 나서 말했다.

"이젠 됐습니다. 저우 부주석께서 설득해 주십시오."

싱궈가 램프를 들고 사람들을 헤치며 길을 텄다. 전사들 몇몇이 흥분한 얼굴로 강가에 앉아서 대포를 지키고 있었다.

"당신들, 군사 위원회 동지를 보자고 하지 않았습니까. 지금 저우 부주석 동지가 오셨습니다. 의견이 있으면 얘기하세요."

여 참모장이 소리쳤다.

저우 부주석이 왔다는 말에 전사들은 앞다투어 일어섰다. 하지만 정작 누구 하나 용기 있게 나서지 못했다. 얼마 뒤 한 전사가 잔뜩 주눅이 들어 우물거렸다.

"저우 부주석 동지, 이 대포가 필요 없다는 명령이 진짭니까? 정말, 정말 그런 명령을 내렸습니까?"

저우언라이가 부드럽게 말문을 열었다.

"대포가 필요 없다니, 누가 그런 말을 할 수 있겠습니까?"

"그럼 왜 츠수이 강에 버리라고 하는 겁니까?"

"여러분, 대포가 필요 없는 게 아닙니다."

저우언라이가 차근히 설명했다.

"하지만 포탄도 없는 대포를 메고 다니려면 가뿐히 움직일 수가 없지요. 우리는 지금 기동력으로 싸워야 하지 않습니까."

다른 전사가 한참을 머뭇거리다가 물었다.

"그럼 정말 위에서 그런 명령을 내렸단 말입니까?"

"그렇습니다. 마오 주석이 의견을 냈는데, 모두들 동의했어요."

마지막 희망마저 사라지자 포병 중대 전사들은 하나같이 머리를 떨궜다. 고개를 돌린 채 눈물을 쏟는 전사도 있었다. 한 전사가 울먹이며 말했다.

"수장 동지, 우리가 명령을 따르기 싫어서 이러는 게 아닙니다. 이 대포를 빼앗느라 얼마나 많은 전사들이 죽어 갔는지 아십니까! 장시에서 후난으로, 또 후난에서 구이저우로 이 대포를 끌고 오면서 건너기 힘들다는 강, 넘기 어렵다는 산은 다 지나왔습니다. 그런데 왜 하필 지금 버리라고 하는 겁니까! 부속을 하나하나 뜯어서 메기도 하고, 밧줄로 끌어올리느라고 몇 사람이 지쳐 죽었는지 모릅니다. 그렇게 여기까지 왔는데 왜 버리라고 하는 겁니까?"

그 전사는 그만 엉엉 울음을 터뜨렸다. 그 대포들과 포병 중대 전사들을 바라보고 있자니 저우언라이도 속이 쓰렸다. 그는 말없이 이를 악문 채 고개를 돌렸다.

그 모습을 보더니 자리를 피해 멀찍이 떨어져 있던 포병 중대 간부들이 다가와 전사들을 나무라기 시작했다.

"울긴 왜 웁니까! 수장 동지가 말씀하시면 얼른 집행해야 할 것 아닙니까. 대포를 저 벼랑 위로 끌고 가서 츠수이 강에 버리세요, 어서!"

"그래요, 동지들. 지금은 어쩔 수 없습니다. 나중에 또 빼앗을 수 있지 않겠습니까."

저우언라이도 마음을 다해 위로했다. 그제서야 대포를 끄는 노새가
서서히 움직이기 시작했다.

"동지, 동지!"

한 포병 중대 간부가 쫓아가며 소리쳤다.

"산에다 꼭 표시를 해 둬요. 우리가 언제 이 대포를 다시 찾으러 올
지도 모르지 않습니까."

무거운 대포가 비탈길에서 덜컹거리는 소리 사이로 전사들의 낮고 거친 한숨 소리가 이따금 들려왔다. 노새만 무심히 평소처럼 제 할 일을 하고 있었다. 노새들은 대포를 끌고 벼랑에 이르렀다. 곧 쿵 하는 소리가 길게 강기슭을 울렸다.

　천천히 밝아 오는 아침 해가 안개에 싸인 츠수이 강을 비출 때쯤 홍군은 강을 건너기 시작했다.

　강을 다 건너자 홍군은 다리를 끊고 쓰촨 남부에 있는 구린으로 들어섰다. 북쪽 양쯔 강 둘레에는 수많은 적군이 배치되어 있고 뒤에서

도 적군이 바싹 쫓아오고 있었다.

군사 위원회에서는 부대 일부를 돌려 쉬융敍永 서영 을 공격해서 양쯔강을 건널 듯이 꾸미고, 그사이 주력 부대는 서남쪽 짜시扎西 찰서 로 진격하기로 했다.

구이저우는 사흘 맑은 날이 없다더니 정말 그랬다. 투청 전투 때도 한 이틀 맑게 개는가 싶더니 곧 무거운 구름이 드리우고 짙은 안개가 끼었다. 자욱한 안개가 하루 종일 걷히지 않는 날도 있었다. 깊은 골짜기를 걷고 있는 전사들은 종일 구름 속을 거니는 것이나 다름없었다. 눈에 보이는 것이라야 바로 앞에 있는 산길과 거무스름한 나무 그림자, 그리고 길가에 시든 채 젖어 있는 풀밖에 없었다. 스무 발자국 앞도 안 보였다. 새 울음소리를 듣고 거기가 숲이 무성한 곳이겠거니, 졸졸 흐르는 냇물 소리를 듣고 저기 냇물이 흐르고 있겠거니 짐작할 따름이었다.

주더는 전보를 기다리느라 남들보다 늦게 출발했다. 대오 뒤에 떨어져 등에 장시 삿갓을 메고 걷는 모습이 단단한 나무 같았다. 권총반 반장 위안궈핑과 호위병 추이崔 최 가 뒤를 따랐다. 마부는 주더의 가라말을 끌고 걸었다.

주더는 몹시 지칠 때만 말을 탔다. 장정을 떠날 때 조직에서는 몇몇 지도자들에게 말 한 필씩을 나눠 주고 서류 상자는 짐꾼 두 사람이 들도록 했다. 마오쩌둥은 몸이 약한 데다 밤에 일을 많이 한다고, 왕자샹은 아직 상처가 낫지 않아 들것을 하나씩 나누어 받았다. 하지만 주더는 말 두 필만 달라고 했다. 한 필은 서류와 짐을 싣고 또 한 필은 자신이 타기 위해서였다. 하지만 서류를 싣는 말은 늘 캉커칭康克淸 강

극청이 끌고 다니며 아픈 사람들을 태웠다. 곁에 두고 있는 말도 형편이 크게 다르지 않았다. 부상병이나 아파서 걸을 수 없는 사람이 주더를 만나면 한동안 그 가라말을 타고 갈 수 있었다.

그날 오후에도 주더는 호위병들과 함께 이야기를 나누며 안개 속을 걷고 있었다. 한데 앞에 있는 산굽이에서 고통스럽게 앓는 소리가 들려왔다. 소리를 따라가 보니 열대여섯 살쯤 된 홍군 전사가 눈을 지그시 감고 땅에 엎드려 있었다. 그보다 나이가 좀 더 들어 보이는 전사 한 사람이 총 두 자루를 메고 곁을 지켰다. 어린 전사는 마르고 파리한 얼굴이 아직 소년티를 벗지 못해 솜털이 보시시했다. 한쪽 발에는 짚신을 신었는데 다른 한쪽 발에는 천이 감겨 있었다. 곁을 지키던 전사가 소년의 어깨를 잡아 흔들며 소리쳤다.

"동지. 참아야 됩니다. 조금만 더 견뎌 보라니까!"

"왜 그러지? 어디가 아픈 겁니까?"

주더가 다가가서 물었다.

"아닙니다. 발이 못쓰게 돼 버려서요."

그 전사가 대답했다.

"중대에서 마을에 두고 가려니까 이 친구가 죽어도 떨어지지 않겠다고 해서 제가 부축하면서 겨우 여기까지 왔습니다. 구이저우는 정말 몹쓸 고장이에요. 우리 장시라면……."

"두고 가다니요. 그래, 동지를 두고 가면 좋겠습니까?"

엎드려 있던 전사가 불쑥 한마디 내뱉고는 다시 눈을 감았다.

"허, 배포가 두둑하구만!"

주더는 허리를 숙여 소년 전사의 이마를 만져 보았다. 열이 좀 있었

다. 이번에는 쪼그리고 앉아서 소년의 발에 감긴 더러운 헝겊을 풀었
다. 사람들은 그 발을 보고 깜짝 놀랐다. 통통 부어 커다래진 발은 자
줏빛이 돌았다. 주더는 상처를 가볍게 눌러 보고는 한숨을 쉬었다.

　"이거 일 났군. 곪은 것 같은데……."

　"총사령관 동지, 의사를 부를까요?"

　추이가 물었다. 주더는 말없이 주먹을 쥐고 생각하다가 고개를 쳐
들었다.

　"누구 주머니칼 있는 사람 없습니까?"

호위병이 주머니칼을 찾아 내밀었다. 주더는 칼을 받아 들고 성냥 불로 소독을 했다.

"젊은 친구, 참아야 합니다. 좀 아플 거예요."

그러더니만 몸을 굽혀 소년의 자줏빛 발을 좀 베었다. 앙다문 이 사이로 끙끙대는 소리가 새 나왔다. 주더는 두 손으로 발을 쥐고는 또 말했다.

"괜찮을 테니 이를 악물어요. 고름이 나오고 나면 시원할 거야."

상처에서는 고름이 줄줄 흘러나왔다. 추이와 위안궈핑이 종이를 꺼 내 닦아 주었다. 소년의 이마에는 땀이 흥건했다. 주더가 빙그레 웃으며 말했다.

"고향 친구, 이제 시원하겠지!"

소년 전사는 주더를 보며 천진하게 웃었다.

"추이, 말 안장 주머니에 옷을 기울 때 쓰려고 둔 헌 천이 있을 거야. 그걸 좀 가져다 싸매 주지."

이런 자질구레한 물건들은 호위병이 항상 갖고 다녔다. 추이는 가라말에 얹혀 있는 안장 주머니에서 천을 꺼내어 소년의 발을 싸매 주었다. 그리고는 이제 가라말을 내주라고 하겠지, 하고 생각했다. 아니나 다를까 주더가 손을 저으며 소리쳤다.

"말을 이리로 끌고 와요!"

호위병은 적이 못마땅했다. 아픈 사람이 말을 타는 것이야 당연한 일이지만, 총사령관도 적지 않은 나이라 몸 걱정을 해야 할 때였다. 하지만 내놓고 말릴 수도 없었다.

"시간이 꽤 지났는데 이대로 가다간 저물기 전에 숙영지에 이를 것 같지 않습니다."

　호위병 추이는 괜스레 하늘을 쳐다보며 딴청을 피웠다.

　"이르지 못하더라도 천천히 가면 되지요!"

　주더가 이마를 찌푸리며 대꾸했다. 일이 이렇게 된 이상 어쩔 수 없었다. 위안궈핑이 호위병을 보고 조용히 고개를 저었다.

　"어서 가서 끌고 오세요."

　추이가 마지못해 가라말을 끌고 왔다.

　"젊은 친구, 오늘은 걱정 말고 이 말을 타고 가세요. 숙영지에 가서 하루 이틀 쉬면 나을 겁니다."

주더는 소년 전사의 어깨를 두어 차례 두드려 주었다.

사람들이 소년을 말에 태우려는데 위안궈핑이 주더를 불렀다.

"총사령관 동지, 저기 캉 지도원이 옵니다!"

캉커칭은 장총 두 자루를 메고 한 사람을 부축하며 걸어왔다. 서류를 실은 말이 뒤따랐는데, 말 등에는 배낭이 일여덟 개나 달려 있었다. 캉커칭의 뒤로 주렁주렁 보이는 병자들의 짐이었다.

주더는 며칠 만에 보는 아내를 반겨 맞았다.

"여보, 왜 이렇게 뒤처졌어요?"

"뒤에 아픈 사람이 너무 많아서요."

캉커칭은 부축하고 있던 사람을 다른 전사에게 맡기고 다가왔다. 가지런하게 자른 머리가 붉은 별을 단 모자 아래로 드러났다. 단정하고 야무진 얼굴 위로 살구씨 같은 갈색 눈동자가 반짝거렸다. 가죽띠와 각반을 깔끔하게 두르고 짚신을 신은 품이 군 생활이 몸에 밴 사람 같았다. 어부의 딸이었던 캉커칭은 이제 누가 보아도 군인이었다. 이제 겨우 스물셋이지만, 중앙 소비에트 구역에서 삼백 명이 넘는 사람들을 데리고 전투를 이끈 적도 있는 '여성 사령관'이었다.

"여보, 견딜 만해요?"

주더는 장총을 두 자루나 멘 아내가 못내 안쓰러웠다.

"네. 괜찮아요."

캉커칭이 눈을 반짝이며 웃었다.

"어제 투청에서 물러날 때는 적들이 바싹 따라오는 바람에 혼났어
요. 한 놈이 '산 채로 잡아라. 산 채로 잡아라.' 하며 따라오더니 제
가방끈을 잡잖아요."

"그래서?"

주더가 놀라 물었다.

"나중에 팔을 슬쩍 뺐어요. 놈이 가방끈만 쥐고 있길래 얼른 도망쳤

지요. 무슨 힘이 나서 그렇게 빨리 뛰었는지 적들이 다시 쫓아왔을 때는 벌써 대오를 따라잡았더라구요."

"저런, 큰일 날 뻔했군."

"가방만 잃어버렸어요."

캉커칭이 웃으며 말하자 주더가 원망하듯 말했다.

"당신네 부대는 느려 터져서 조심해야겠어요."

하지만 '느려 터'진 그 부대는 벌써 저만치 앞서 가고 있었다. 캉커칭은 설핏 웃어 보이고는 서둘러 달려갔다.

주더는 몸을 돌려 소년 전사를 부축해 말에 태웠다. 소년은 말을 타본 적이 없는지 어찌할 줄을 모른 채 말안장만 꼭 붙잡고 서 있었다. 그러자 주더는 위안궈핑에게 눈짓을 하더니 소년의 어깨를 한 쪽씩 잡아 말에 올렸다. 주더는 소년 전사의 발을 잡고 발걸이에 밀어 넣으며 말했다.

"젊은 친구, 발을 너무 깊숙이 발걸이에 넣지 말아요. 위험하니까."

소년 전사가 고개를 끄덕였다.

아까 소년의 곁을 지키던 전사가 말고삐를 잡고 앞서 걸었다. 그 소년은 몇 걸음 가다가 멈칫멈칫 고개를 돌렸다.

"저, 수장 동지! 제가 어디서 본 것 같긴 한데 기억이 잘 안 납니다. 어느 부대 수장이십니까?"

뒤따라가던 위안궈핑이 터져 나오는 웃음을 참으며 대꾸했다.

"당신네 중대에선 이분도 모릅니까? 이분은……."

그러자 주더가 말허리를 잘랐다.

"나는 수용대에 있습니다. 걷기 힘든 형편이면 언제든 나를 찾아와요.”

곁에서 키들키들 웃어 댔다.

일행은 다시 자욱한 안개 속을 걸었다. 이삼십 리쯤 가자 마을이 나타났다. 길 어귀에 모제르총을 찬 한 간부가 초조하게 서성거렸다. 그는 소년 전사를 보고는 반가워서 달려왔다.

“스카이 石開 석개, 웬 말을 타고 왔지? 오늘 못 오는 줄 알았더니……”

소년이 말 위에서 주더를 가리키며 말했다.

“저 수용대 수장이 말을 내주셨거든요.”

그 간부는 주더를 보자마자 부랴부랴 달려와 경례를 했다. 그는 원망 섞인 말투로 소년 전사를 나무랐다.

“아니, 이건 총사령관의 말이잖나! 연세가 많은 분인데……”

“에? 총사령관?”

소년 전사와 말고삐를 잡은 전사 둘 다 그만 눈이 휘둥그레졌다. 사령관이라니, 생각도 못 한 일이었다.

“누구 말이면 어떻습니까.”

주더가 사람 좋게 웃었다. 사람들이 소년을 말에서 받아 내렸다. 소년 전사는 간부의 등에 업혀 마을로 들어가면서도 자꾸만 고개를 돌려 주더를 바라보았다.

십 리쯤 더 걸어 들어가자 골짜기가 갈수록 좁아졌다. 하늘이 어두워지더니 찬 바람이 불고 보슬비가 내리기 시작했다. 사람들은 배가 고팠다. 가라말도 이따금 멈춰 서서 풀을 찾았다. 총사령관이 고단해하자 위안궈핑은 좀 쉬면서 끼니나 때우자고 했다. 주더는 고개를 끄

덕이면서 전사들과 함께 산비탈에 있는 집을 찾아 나섰다.

위안궈핑은 좀 깨끗한 집을 찾아보려 했지만 아무리 둘러보아도 시커멓고 낮은 오두막 네댓 채가 고작이었다. 모두 옥수숫대와 대나무를 엮어 문을 해 단, 가난한 집들이었다. 마침 누군가 문어귀에 서서 나무를 패고 있었다. 그런데 문어귀에 이르자 어디로 사라졌는지 보이지 않았다.

"계십니까? 아무도 안 계세요?"

문 안팎을 기웃거리며 불러 보았지만 대답이 없었다.

"좀 전까진 분명 기척이 있었는데……. 멀리 가진 않았을 겁니다.

제가 찾아보겠습니다."

위안궈핑은 집 뒤로 돌아 들어갔다.

주더는 투박한 대나무 문을 열고 집에 들어서다가 깜짝 놀랐다. 거멓게 그을린 집 안에는 나뭇가지와 끈으로 대충 얽은 작은 침대 하나가 달랑 놓여 있었다. 침대 위에는 마른 풀이 쌓여 있고 한쪽으로 돌 위에 대충 걸어 놓은 솥이 보였다.

맞은 편 구석에는 물독이며 깨진 항아리, 투박한 사발 몇 개가 눈에 띄었다. 바닥에는 나무 그루터기로 만든 걸상이 놓여 있었다. 정말 몸

에 걸칠 것이라고는 전혀 없는 집이었다.

주더는 집 안으로 들어가 나무 그루터기로 만든 걸상에 걸터앉았
다. 위안궈핑이 곧 스무 살쯤 돼 보이는 청년과 함께 들어왔다. 허술
한 천 조각으로 겨우 몸을 가리고 있었는데, 제대로 먹지를 못 했는지
얼굴이 푸르뎅뎅했다.

"숲 속에서 찾았습니다. 무서워서 숨었다고 하더군요. 우리는 홍군
이고, 홍군은 가난한 사람들을 위한 군대라는 소릴 듣고서야 겨우 나
왔습니다. 먀오 족인데 우리 한족 말을 할 수 있습니다."

위안궈펑이 말했다.

"저야 잔나비 군대가 사람 잡으러 온 줄로만 알았지요."

먀오 족 청년이 얼굴을 붉혔다. 주더가 웃으며 말했다.

"불쑥 찾아와 폐를 끼치게 되었습니다. 물을 끓여 주면 끼니나 때우고 가겠습니다."

청년은 솥에 물을 붓고 불을 때기 시작했다. 그런데 침대에서 "끙!" 하는 소리가 들렸다. 마른풀 더미인 줄로만 알았는데 그 아래에 비쩍 마른 사람이 누워 있었다. 아까는 어두워서 못 본 모양이었다.

"저 분은 누굽니까?"

주더가 놀라서 물었다.

"우리 아버지입니다. 병이 또 도지는 바람에……."

먀오 족 청년이 말했다.

"말라리아에 걸렸나 보군."

"그렇습니다."

"이 병은 내가 잘 알아요. 한기가 들면서 몸이 막 떨리지요. 그럴 땐 이불을 잘 덮어 줘야 합니다."

"그러고 싶은 마음이야 굴뚝 같지만 보시다시피 저게 우리 이불입니다."

그것은 모내기를 하고 남은 모를 가늘게 꼰 뒤 그걸 엮어 만든 발이었다. 청년은 이 고장 가난뱅이들은 모두 이 '모 이불'로 겨울을 난다며 쓰게 웃었다. 하지만 고작 이런 마른풀 더미로 추위를 어찌 막을 수 있단 말인가!

주더는 부들부들 떨리는 모 이불을 바라보자니 마음이 아팠다.

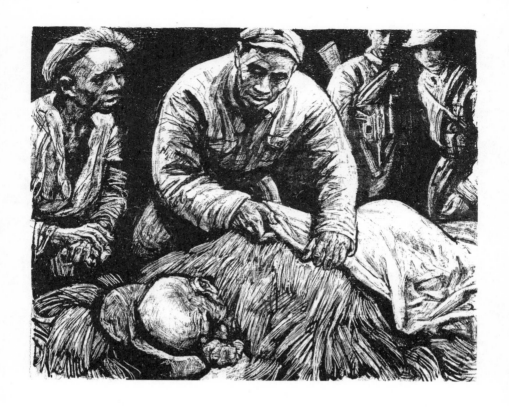

"호위병더러 어서 담요를 좀 갖고 오라고 하세요."

주더가 위안궈핑에게 일렀다. 이윽고 추이가 회색 군용 담요를 안고 왔다. 주더는 살며시 모 이불을 들추더니 담요를 덮어 주고는 그 위에 다시 모 이불을 얹었다. 청년은 불을 때다 말고 자꾸 같은 말만 되풀이했다.

"장군님, 이걸 저희가 그냥 받아도 됩니까? 정말 그래도 되겠습니까?"

담요를 덮어 주자 앓는 소리도 잦아들었다. 주더도 마음이 놓였다. 그런데 부뚜막 위쪽 벽에 시커먼 물건이 매달려 있는 것이 보였다.

"저기 저 벽에 걸려 있는 것은 뭡니까?"

"소금이지요."

"소금?"

주더가 놀라서 물었다.

"무슨 소금이 저렇게 새까맣단 말입니까?"

"우리 가난뱅이들은 저것도 없어서 못 먹습니다."

이 고장에서는 부자는 흰 소금을 먹고 살림이 넉넉한 사람은 갈색 소금을 먹는데, 가난한 사람은 검은 소금이나마 먹을 수만 있으면 괜찮은 살림이라고 했다.

"그런데 왜 끈으로 묶어 달아맸지요?"

"한꺼번에 다 먹어 치울까 봐서요. 음식을 할 때 잠깐 담갔다가 꺼내곤 하거든요."

주더는 한숨을 깊이 내쉬고는 중얼거렸다.

"그래서 구이저우의 가난한 사람을 '말라깽이'라고 하는군. 정말 하나도 남기지 않고 모조리 빼앗겨서 말라 버렸어."

그는 무거운 마음으로 호주머니에서 작은 공책과 몽당연필을 꺼내 들고 이 이야기를 써 내려갔다.

"젊은이는 땅이 좀 있습니까? 아니면 삯일을 해서 먹고삽니까?"

"저희 형편에 땅이라니요!"

청년이 마지못해 웃으며 대꾸했다.

"아버지는 몇 무 소작을 부치시고, 저는 지주 집에서 머슴을 삽니다."

주더가 한 해에 얼마나 버느냐고 묻자 그는 한숨을 쉬면서 손가락

세 개를 내밀었다.

"제가 머슴살이를 오 년 했는데 그동안 고작 동전 삼천 닢을 받았습니다."

"삼천 닢?"

주더는 속으로 계산을 해 보고는 놀라서 말했다.

"그럼 겨우 이십칠 원이구만. 한 해에 겨우 오 원꼴 아닙니까?"

청년은 말없이 벌쭉 쓴웃음만 지었다. 주더는 웬일인지 그 모습이 우는 얼굴보다 더 보기 괴로웠다. 그는 부들부들 떨며 작은 공책에 몇 줄 더 적어 나갔다.

물이 끓었다. 청년은 투박한 사발 몇 개에 물을 떠서 사람들 앞에 가져다주었다. 추이는 양식 주머니를 열고 볶은 콩을 한 사발 쏟아 놓았다. 주더는 청년에게도 한 줌 쥐어 주고는 더운물을 마시면서 먹기 시작했다. 사는 형편을 좀 더 들어 보니 어머니는 얼마 전에 돌아가시고 노인과 청년, 청년의 동생만 남았다고 했다. 동생은 지금 나무하러 가고 집에 없었다.

침대에서 또다시 앓는 소리가 들려왔다. 잠시 뒤척이는 소리가 나는가 싶더니 모 이불이 굴러떨어졌다. 담요 위로 앙상하게 여윈 노인의 얼굴이 드러났다. 이마에는 송골송골 땀이 돋아 있었다. 청년은 얼른 낡은 헝겊을 꺼내 이마에 난 땀을 닦아 주었다. 노인은 서서히 눈을 뜨더니 깜짝 놀라 낯선 사람들과 못 보던 담요를 번갈아 보았다. 아들이 귓전에 대고 뭐라고 한참 말하고 나서야 안심한 듯 침대를 짚고 일어서려고 했다. 그는 한껏 밝아진 얼굴로 먀오 족 말로 뭐라고 했다.

"아버지는 여태껏 여러분처럼 좋은 군대를 본 적이 없다고 하십니다. 당신들이 왔으니 이제 됐대요. 그리고 손님이 온 줄 모르고 여태 누워만 있어서 미안하다고 하십니다."

청년은 주더가 알아들을 수 있게 한족 말로 다시 이야기해 주었다.

"어르신께서는 편찮으신데, 미안하다니요."

주더가 웃으면서 말했다. 그는 호위병더러 노인에게 물을 떠 드리라고 눈짓을 했다. 노인은 물 대접을 받아들고 마시면서 살아온 이야기를 하다가, 그만 울음을 터뜨렸다.

"아버지는 지주 밑에서 서른여섯 해 동안 일하셨습니다. 그런데 사발 하나를 깨도 돈을 깎는 바람에 지주한테 빚만 잔뜩 지고 병만

얻었지요. 아무튼 오늘 세상에서 가장 마음 좋은 군대를 만났다고 하세요."

주더는 따뜻하게 노인을 위로했다.

갑자기 밖에서 쿵 하는 소리가 들렸다. 맨발에 갈색 도롱이를 걸친 소년이 지고 온 땔나무를 문밖에 부리고 있었다. 소년은 열대여섯 살쯤 먹은 것 같았는데, 키는 그리 크지 않았지만 아주 강건해 보였다. 그는 나무를 재던 낫을 쥔 채, 초롱 같은 눈으로 집 안에 있는 사람들을 죽 휘둘러보았다. 다 낡아 빠진 삿갓 아래로 초롱 같은 눈이 번뜩였다.

"왜 이제야 오는 거냐?"

노인이 눈을 부릅뜨고 사납게 물었다.

"길 가던 홍군이랑 얘길 좀 하느라 늦었어요."

소년이 먀오 족 말로 대답했다.

"거짓말 마라. 또 게으름을 피웠다간 쫓겨날 줄 알아!"

"마음대로 하세요."

소년이 집 안에 들어서면서 심드렁하게 대꾸했다.

"아버지, 이젠 저더러 그만 뭐라고 하세요. 저는 홍군이 될래요."

"쟤가 지금 뭐라는 거냐? 홍군이 되겠다고?"

"네. 그 사람들이 그러는데 홍군은 가난한 사람들의 군대랬어요. 저
도 가난한 사람들을 위해 싸우고 싶어요. 좀 전에도 소몰이 몇이 소를

매 놓고 홍군을 따라갔다구요."

소년은 주더 곁으로 오더니 쪼그리고 앉아 한족 말로 말했다.

"아저씨, 저는 양거楊惀 양각라고 하는데 아저씨를 따라가면 안 됩니까?"

"그래? 우리 홍군에 들어오고 싶은가 보군."

주더가 소년의 머리를 쓰다듬으면서 말했다.

"그런데 입대하려면 자네 아버지 허락을 받아야 하거든. 규정이 그래요."

소년은 간절한 눈빛으로 아버지와 형을 바라보았다. 청년이 아버지에게 몇 마디 건네자 노인이 마침내 고개를 끄덕였다.

"아버지가 집에 있어 보았자 고생만 할 테니, 마음대로 하라십니다."

청년이 다시 한족 말로 말했다. 소년은 기뻐서 경중경중 뛰었다. 주더는 호위병을 불러 소년한테 옷과 신을 좀 챙겨 주라고 말했다. 말이 떨어지기 바쁘게 추이는 배낭에서 낡은 군복 한 벌과 짚신 한 켤레를 꺼내 왔다. 소년은 싱글벙글해서 신을 신더니 문밖으로 도롱이를 휙 던지며 소리쳤다.

"우리 이제 가요!"

"양거, 밥은 먹고 가야지!"

형이 말했다.

"됐어, 부대에서 먹을래."

주더가 몸을 일으키며 노인에게 인사를 했다. 노인은 침대 모서리를 붙잡고 힘겹게 바닥으로 내려섰다.

"선생님, 부탁드립니다. 이 아이를 잘 좀 보살펴 주십시오."

주더의 손을 맞잡은 노인의 눈가에 물기가 맺혀 있었다.

"어르신, 마음 놓으십시오."

주더가 시원스레 대답했다.

소년은 새로운 세상이 어서 보고 싶어서 마음이 바쁜 모양이었다. 누가 시키지도 않았는데 문을 열고 밖에 나가서는 나무에 매 놓은 가라말을 풀어 잡아끌고 걷기 시작했다.

땅거미가 점점 짙어지면서 저녁노을이 비꼈다. 일행은 부연 안개가 자욱한 골짜기를 따라 걸어갔다. 곧 안개 속으로 긴 그림자가 모습을 감췄다.

　중앙 종대는 적군을 에돌아 행군하다가 지밍싼성鷄鳴三省 계명삼성에
이르렀다. 이 마을에서 닭이 울면 구이저우, 윈난, 쓰촨 이렇게 세 곳
에서 모두 들을 수 있다 해서 붙은 이름이라고 했다. 마을은 나직한
산 아래에 자리 잡고 있었다. 마을 앞으로는 맑고 얕은 강물이 흘렀
다. 얼핏 보면 무릉도원 같아 뵈기도 했지만 실은 가난하고 황폐하기
로 말이 아닌 곳이었다. 야트막하고 거무칙칙한 오두막은 하나같이
초라하기만 했다.

　몇몇 지도자들이 이곳에서 머리를 맞댔다. 양쯔 강 둘레는 백군이

벌써 빈틈없이 진을 치고 있었다. 하는 수 없이, 앞을 막으러 오는 구이저우 군대가 아직 이르지 않았다면 아예 윈난 변방에 있는 짜시에서 대오를 정비하고 때를 기다리기로 했다.

"언라이, 잠깐 나 좀 보고 가지."

회의가 끝나자 마오쩌둥은 저우언라이를 숙소로 청했다. 숙소라고 해 봐야 좁고 어두운 방인 데다가 어찌나 나직한지 겨우 허리를 펼 수 있었다. 보통 숙소에 들면 호위병들이 그 집 문짝을 떼어서 침대를 만들어 쓴 뒤 떠날 때 문짝을 다시 달아 주곤 했다. 하지만 이 마을은 옥수숫대나 대나무를 엮어 문을 만드는 통에 침대로 쓰기엔 마땅치 않았다. 별 수 없이 바닥에 볏짚을 깔고 누워 자야 했다. 마땅히 지도를 걸 수도 없었다.

"집이 좁아서 앉을 데가 마땅찮긴 하지만 좀 앉지. 위 호위병은 잠깐 나가 있어요."

그러고는 나직한 소리로 속삭였다.

"언라이, 어제 뤄푸 동지 말로는 보구가 위신이 바닥에 떨어져 더는 일을 할 수가 없다고 하던데…… 지도자를 바꿔야 하지 않겠습니까? 당신 생각은 어떻습니까?"

저우언라이가 굵고 짙은 눈썹을 찌푸리며 생각에 잠겼다.

"이렇게 문제가 불거졌으니 그냥 지나칠 문제는 아닌 것 같아요."

"그럼 총서기 자리를 누구한테 맡겨야 할까?"

저우언라이는 주저 없이 대답했다.

"마오 주석, 당신이 맡는 게 가장 좋겠지요."

"아니요."

마오쩌둥이 고개를 저었다.

"내 보기에는 뤄푸 동지가 한동안 맡는 게 좋을 것 같아요."

그러자 저우언라이가 웃으며 말했다.

"다시 생각해 보는 게 어떻겠습니까?"

"아니. 생각이라면 지금껏 충분히 했어요."

마오쩌둥은 단호했다.

"아무래도 뤄푸 동지가 한동안 총서기를 맡아야 우리가 좀 더 힘을 모을 수 있을 것 같거든. 언라이, 당신이 사람들을 설득해 나가야지 않겠습니까?"

저우언라이가 고개를 끄덕이며 말했다.

"결심이 섰으면 그렇게 해야지요. 다음 회의 때 제대로 토론합시다."

마오쩌둥은 저우언라이를 바랬다. 호위병 싱궈가 밖에서 말 두 필을 끌고 기다리고 있었다. 저우언라이는 마오쩌둥을 보며 손을 흔들고는 말에 올라 군사 위원회 종대 쪽으로 달렸다.

저우언라이가 떠나자 호위병 위가 다가왔다. 길가로 금방 휴양 중대가 지나갔는데 둥비우董必武 동필무와 쉬터리徐特立 서특립 어르신은 지나갔지만 허쯔전 동지는 안 보이더라고 했다.

"제가 마을 어귀에 나가 보겠습니다. 아마 뒤처진 거겠지요."

·위 호위병이 말했다.

허쯔전은 장시를 떠날 때 벌써 아이가 선 지 여러 달 째였다. 게다가 가벼운 폐병까지 있어 몸이 무척 허약했다. 마오쩌둥은 불현듯 쭌이에서 허쯔전을 만났을 때 배가 몹시 불러 있던 모습이 떠올랐다. 사흘이 멀다하게 비가 오는 날씨에 산길을 걸으려면 얼마나 힘이 들지 늘 걱정이었다.

"웨 동지, 우리 같이 나가 보지요."

호위병이 앞장섰다.

아침에 비가 내려 길이 몹시 질척거렸다. 비는 벌써 그쳤지만 온 데 진흙 구덩이가 패여 있었다. 이곳 진흙은 찰떡 같아서 구덩이에 신발이 들러붙으면 발만 쑥쑥 빠졌다. 구덩이마다 헝겊신과 끈 떨어진 짚신이 널려 있었다.

호위병은 마오쩌둥 앞에 서서 마른 길을 골라 디뎠다. 아예 길가 풀섶으로 다니기도 했다. 길에는 대오에서 떨어져 걸음을 재촉하는 사람들이 드문드문 보였다. 이삼 리를 걸었지만 허쯔전은 그림자도 보이지 않았다. 호위병 위가 먼저 돌아가라고 해도 마오쩌둥은 못 들은 척 고개를 숙인 채 걸었다.

깊은 골짜기로 내려가는 가파른 산비탈 길목에 왔을 때였다. 마오

쩌둥은 걸음을 멈추고 아래를 바라보았다. 아무도 보이지 않았다. 오후 네댓 시쯤 얼굴을 내민 해가 막 서산 너머로 지고 있었다. 마오쩌둥은 속이 타는지 담배를 말아 피우며 자꾸만 골짜기 쪽을 내려다보았다. 그때 위 호위병이 먼 골짜기 숲 속에서 걸어 나오는 사람들을 발견했다. 그들은 희미한 노을 속에서 나무다리를 건너고 있었다. 호위병이 흥분해서 소리쳤다.

"옵니다. 저기 옵니다. 허쯔전 동지입니다."

마오쩌둥이 눈을 가늘게 뜨고 보니 여위고 키 큰 그림자가 과연 허쯔전이었다. 곁에 선 키 작은 사람이 누군지는 알 수 없었다. 두 사람은 가파른 산비탈을 오르기 시작했다. 허쯔전이 비틀거리자 같이 오

던 사람이 얼른 어깨를 붙잡았다. 두 사람은 거북이걸음으로 느릿느릿 움직였다. 위 호위병이 그냥 보고만 있을 수 없어 산비탈을 달려 내려갔다. 마오쩌둥도 서둘러 뒤를 따랐다.

산허리쯤 내려가자 허쯔전이 멀리서 알아보고는 손짓을 했다. 살짝 쑥스러워하는 것 같기도 했다.

가만히 보니 류잉이 허쯔전을 부축하고 있었다.

"류잉, 쯔전하고는 어떻게 만났어요?"

마오쩌둥이 먼저 인사를 건넸다.

"저한테 고마워해야 할걸요."

류잉이 웃으며 대꾸했다.

"제가 오늘 마침 뒤처진 사람들을 도와주는 당번이어서 이렇게 데려왔어요."

"어이쿠, 고맙습니다."

마오쩌둥이 웃으면서 말했다.

"한꺼번에 두 사람을 모셔 왔으니 더욱 고맙지."

허쯔전은 진흙투성이가 된 헝겊신을 신고 서서 얼굴을 붉혔다. 오다가 넘어졌는지 가랑이며 무릎에도 붉은 진흙이 덕지덕지 붙어 있었다. 마오쩌둥은 허쯔전이 메고 있는 쌀자루를 벗기며 안쓰러운 얼굴로 물었다.

"여보, 힘들지?"

"저는 괜찮아요. 오랜만에 류잉 언니를 만나 이 얘기 저 얘기 하느라고 시간 가는 줄 몰랐어요."

군모를 쓴 고운 얼굴에 부드러운 웃음이 떠올랐다. 꼭대기에 이르

자 류잉이 걸음을 멈추더니 손을 저으며 말했다.

"쯔전, 오늘은 여기서 머물러요. 내가 가서 말할게요."

그러고는 대오를 찾아 서남쪽으로 걸음을 다그쳤다.

허쯔전은 흙투성이가 된 발로 겨우 몸을 가누며 마오쩌둥의 오두막에 들어섰다. 그는 허리에 한 손을 짚고는 힘겹게 바닥에 주저앉았다. 마오쩌둥은 안쓰러워서 신을 벗기고 이불로 발을 감싸 주었다.

"여보, 정말 고생이 많아요."

"지금은 괜찮아요. 얼마 지나서가 걱정이죠."

몸을 풀 때가 코앞으로 다가와 있었다.

"얼마나 남았지?"

"정확히는 모르겠어요. 달수만 보면 얼추 다 됐는데……."

마오쩌둥은 길게 한숨을 쉬었다.

"형편이 이러니 아이를 데리고 갈 수는 없겠지……."

"다른 아이들도 모두 남한테 맡겼잖아요. 마오마오는 지금 어떻게
지내는지……."

허쯔전은 기어이 눈시울을 붉혔다.

허쯔전은 마오쩌둥과 징강 산에서 결혼한 뒤 세 아이를 낳았다. 하
나는 돌도 지나지 않아 죽고 나머지 둘은 모두 남의 집에 맡겼다. 만
이는 딸이었는데 마오쩌둥과 주더를 따라 장시 남부, 푸젠 서부로 진

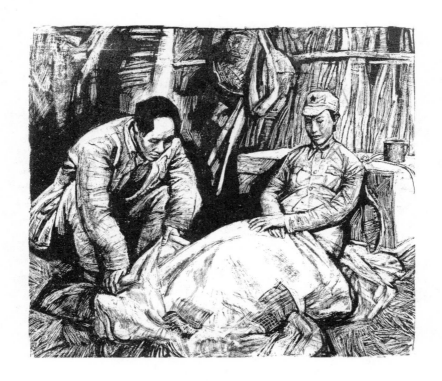

군하다가 낳았다.

부대가 룽옌을 친 뒤 계속 전진해야 해서 아이를 그곳 사람에게 맡겨야 했다. 엉엉 우는 아이를 안아 갈 때 허쯔전은 얼굴을 돌린 채 얼마나 울었는지 모른다.

둘째는 마오마오라는 사내아이였다. 아이는 세 살이 되자 종일 호위병들을 따라 거위를 치고 오리를 몰았다. 때로는 산에 가서 딸기를 따기도 했다. 딸기를 많이 딴 날에는 딸기가 담긴 모자를 두 손으로 높이 쳐들고 소리쳤다.

"딸기, 엄마가 딸기 되게 좋아해. 우리 엄마 갖다 줄래."

둘도 없이 귀엽고 사랑스러운 아이였다.

　하지만 곧 마오쩌둥과 허쯔전은 마오마오를 두고 떠나야 했다. 명령을 받고 떠나기까지 딱 하루밤에 시간이 없었다. 아무리 생각해 봐도 아이를 마오쩌탄과 허이 부부에게 맡기는 수밖에 없었다. 두 사람은 유격전을 하기 위해 소비에트 구역에 남아야 했기 때문이다. 마오쩌탄과 허이는 소식을 듣고 밤을 도와 말을 타고 달려왔다. 허쯔전은 겨우 마오마오를 얼러 허이의 품으로 보냈다. 말을 다 맺기도 전에 눈물이 걷잡을 수 없이 흘렀다. 마오마오가 허이의 품을 빠져나와 떼를 썼다.

"싫어. 싫어. 나도 엄마 따라갈래. 나도 갈 거야."

이제 곧 태어날 아이도 같은 운명을 타고날 터였다. 허쯔전은 마음이 찢어지는 듯 아팠다. 게다가 지금은 끝이 어딘지도 모른 채 가야하고, 이곳엔 가까운 사람도 없었다. 이 아이는 또 어디에 맡겨야 할지 막막하고 두려웠다.

마오쩌둥은 울고 있는 허쯔전 곁으로 다가갔다.

"여보, 울지 말아요. 혁명이 승리하면 내가 마오마오를 데려올 테니까."

그는 단호한 어조로 침통하게 말했다.

"여보, 내가 마음이 독한 게 아니야. 이 혁명을 완수하려면 우리 세대가 희생을 치르지 않으면 안 돼요. 어딜 가나 인민들이 고통을 당하고 있는 마당에 우리만 어찌 편안히 살 수 있겠나."

마오쩌둥도 말은 그렇게 했지만 한순간도 마오마오를 잊은 적이 없었다.

1932년 8월, 군사 지도자 자리에서 나앉은 뒤 그는 창팅長汀 장정의 홍군 병원에서 병을 돌보며 지냈다. 말이 병원이지 실은 큰 절이었다. 여남은 사람이 한방 신세를 져야 했고, 채소나 두부 살 푼돈도 마땅찮았다. 마오쩌둥은 진종일 방 안에 틀어박혀 책만 보았다. 가끔 자주 불지도 않는 퉁소를 꺼내 긴 해 질 녘을 보내기도 했다. 가까이 살고 있던 허쯔전이 날마다 마오마오를 데리고 왔다. 마오쩌둥은 마오마오의 재롱을 보며 울적함을 달랬다.

나중에 부부는 루이진 서쪽 윈스 산雲石山 운석산에 있는 한 절에서 살았다. 마오쩌둥이 바깥에 나가 일을 볼 때면 허쯔전은 세 살 난 마오마오를 안고 산길을 따라 나와 배웅하곤 했다. 산기슭에 이르면 마오쩌둥은 늘 아이를 안고 거듭 입을 맞춰 주고서야 말에 올랐다. 하지만 마오마오는 금세 엄마 품에서 빠져나와 아장걸음으로 말을 따라왔다.

"아빠, 잠깐. 나도 말 타고 싶어. 나도."

그러면 마오쩌둥은 말을 세우고 허쯔전의 손에서 마오마오를 받아 안아서는 얼굴에 끊임없이 입을 맞춰 주었다. 그는 아이를 말에 태우고 한참 놀고 나서야 말을 타고 떠났다.

게다가 마오쩌둥은 누구보다 잘 알고 있었다. 대군이 소비에트 구역을 떠나 장정에 오른 뒤 그곳은 풀 한 포기, 나무 한 그루 제대로 남아나지 않을 지독한 공격에 시달리고 있을 터였다. 마오마오는 지금 어떻게 지내고 있을지······.

위 호위병이 부엌에서 더운물을 떠 와 찻물을 짙게 우려 주었다. 허쯔전은 그 물에 발을 담궜다. 한결 가뿐했다.

"여보, 쉬 선생님은 잘 지내시나?"

마오쩌둥은 얼른 말머리를 돌려 쉬터리의 안부를 물었다. 그는 창사 사범 학교에서 마오쩌둥을 가르친 스승이었다.

창사에 사범 학교 두 곳을 세운 이름난 교육자였고 아무도 꺾을 수 없는 꿋꿋함을 지닌 이였다. 어두운 중국 현실과 썩은 정치가 못마땅해, 글만 가르치고 절대로 관직을 맡지 않겠다며 이름도 '터리特立. 특립' 라고 썼다. 사회의 폐단에 분노해 헌정을 추진하려 힘썼고 손가락을 끊어 혈서를 써서 창사 시내를 놀라게 했다. 지금도 쉬터리의 새끼 손가락은 짤막했다. 나이 쉰에 공산당에 들어왔고 올해가 쉰여덟 되

는 해니 장정을 떠난 이들 가운데 가장 나이가 많았다. 그 나이에 이처럼 길고 힘든 길을 무사히 걸을 수 있을까 마오쩌둥은 늘 걱정스러웠다.

쉬터리 이야기가 나오자 허쯔전은 얼굴을 펴고 웃음을 보였다.

"쉬 선생님은 정말 남다르세요. 그 연세에 정신력이 얼마나 강한지! 말이 있어도 안 타신다니까요."

"왜 그러시지?"

마오쩌둥이 물었다.

"모르겠어요."

허쯔전이 고개를 저었다.

"말을 타라고 하면, 허리가 아파 말 타는 게 편치 않으시대요. 그러더니 나중에는 아예 어린 마부를 태우고는 당신이 말을 끌고 가지 않겠어요."

허쯔전은 쉬터리가 하던 양이 생각났던지 웃음을 터뜨렸다.

"여보, 언제 만나면 당신이 권하세요. 노인이 무슨 일이라도 생기면 곤란하잖아요."

마오쩌둥이 고개를 끄덕였다.

"쉬 선생님은 숙영지에 이르면 취사병들을 거드세요. 불을 때면서 취사병들한테 글을 가르쳐 주시죠. 날마다 한 글자씩 익혀야 한다고 정해 놓고 모르면 다시 또다시 되풀이해서 일러 주세요. 정말 지칠 줄 모르고 가르치는 큰 선생님이세요."

"그래요. 정말 존경할 만한 스승이시지. 당신 삶을 나라와 인민을 위하는 일에 바쳤으니까. 그 연세에도 절개가 꿋꿋하고 피가 끓는 분

이에요. 무엇보다 사람들이 흔들리고 너도나도 우리 당에서 등을 돌
리던 때, 당에 들어오셨잖나."

마오쩌둥은 담배를 피우면서 비스듬히 누워 곱씹듯 읊조렸다.

"셰줴짜이謝覺哉 사각재 어르신도 독특한 양반이세요."

허쯔전이 뭔가 생각난 듯 방긋 웃으며 말을 꺼냈다.

셰줴짜이는 올해 쉰두 살이었다. 일찍이 당 중앙에서 낸 《붉은 기 紅
旗》를 편집했고, 중앙 소비에트 구역에서 소비에트 공화국 정부 사무
총장을 맡아 일하면서, 마오쩌둥과 가까이 지냈다. 마오쩌둥이 절에

서 힘들게 지낼 때도 이따금 그를 찾아오곤 했다.

"독특하다니, 뭐가?"

"붓이랑 먹을 늘 가지고 다니면서 쉴 때마다 고개를 푹 처박고 뭔가 적으세요. 토호한테서 빼앗은 장부책 몇 개를 일기장 삼아서요. 벌써 공책이 빼곡하다던데……."

"하하하. 그래요? 장정에 오른 뒤로 우리가 벌써 여러 성을 지나왔지. 지나온 산과 물에 얽힌 이야기를 다 쓴다면 정말 재미있을 거야."

마오쩌둥이 웃으며 말을 이었다.

"둥 어르신은 어때요? 학문이 높은 분인데 역시 시를 지으시겠지."

"시를 쓰시긴 하지만 시간이 별로 없으세요."

허쯔전이 대답했다.

"우리 휴양 중대 지부 서기라 백칠팔십 명이나 되는 사람들의 말이며 들것까지 크고 작은 일을 모두 챙겨야 하거든요. 선생님은 대원들이 규율을 잘 지키고 있는지 철저하게 살피세요. 날마다 출발할 때면 방을 하나하나 돌아다니며 문짝은 달아 놓았는지, 짚은 묶어 놓았는

지, 뜰을 쓸어 놓았는지, 물은 길어 놓았는지, 망가뜨린 물건은 없는
지, 제값을 치렀는지 꼼꼼히 알아보시죠. 만약 제대로 안 지킨다 싶으
면 찾아가서 왜 규율을 어겼느냐고 혼쭐을 내시구요. 그럴 땐 전혀 사
정을 봐 주지 않으세요."

"원체 말과 행동이 어긋남이 없는 분이시니까."

그러더니 마오쩌둥이 조그맣게 속삭였다.

"사실, 당신네 중대가 번거롭고 자질구레한 일이 많아서 다들 맡기
싫어했거든. 하지만 저우언라이가 하도 간곡히 부탁하니까 둥 어르신
이 그러마 하셨지. '나는 한 조각 낡은 헝겊입니다. 뭘 기울 때 쓰는
헝겊 말예요. 나는 구멍난 곳 깁는 걸 좋아하는데 모자를 기우라면 모
자를 깁고 바지를 기우라면 바지를 깁겠어요. 아무튼 무슨 일이든 누
군가 하기 마련이고, 구멍이 나면 기워야지요. 속담에 작은 구멍을 그
냥 두면 구멍이 점점 커져서 천이 곱절이나 든다고 하지 않습니까.'
그러셨다구."

"네. 정말 대단한 어른이세요."

마오쩌둥이 몸을 일으키며 말했다.

"어르신들 모두 어디서도 보기 힘든 훌륭한 분들이시지. 우리 공산
당이 참 복이 많아요. 우리 당에 이처럼 훌륭한 분들이 있는데 어찌
승리하지 않을 수 있겠나!"

허쯔전이 맑은 두 눈을 반짝이며 물었다.

"여보, 우리가 양쯔 강을 건널 수 있을까요?"

"건너갈 수 있고말고! 여보, 난 꼭 건널 수 있다고 믿어요."

마오쩌둥은 손을 저으며 말을 맺었다.

　"물론, 적 사단 몇 개를 없애 버려야 건너갈 수 있겠지. 내가 놈들을
하나하나 쓸어버릴 테니 걱정 말아요."
　위 호위병이 밥을 가져왔다. 마오쩌둥이 푸른 법랑 밥그릇 뚜껑을
열었다. 김이 문문 나는 옥수수밥에 무를 볶은 반찬이 들어 있었다.
마오쩌둥이 소리쳤다.
　"고추는? 위 동지, 고추 볶음 좀 갖다 주지. 손님을 대접해야 할 게
아닙니까."
　"네. 가져오겠습니다."
　기름기가 도는 빨간 고추 한 사발이 금세 상 위에 놓였다.

"우리 주석 동지야 이게 없으면 안 되지요."

부부는 밥을 먹기 시작했다. 마오쩌둥은 대뜸 땀투성이가 되었다. 그는 젓가락을 들다 말고 허쯔전을 바라보았다.

"당신 보기에는 류잉이 어떤가?"

"아주 좋지요. 열정적이구요."

허쯔전이 말했다.

"오늘도 류잉이 없었다면 여기까지 못 왔을 거예요. …… 그런데 그건 왜 물어요?"

마오쩌둥이 알 듯 말 듯한 얼굴로 웃었다.

"누굴 좀 소개시킬까 해서."

"누굴요?"

"누구겠어요?"

마오쩌둥이 웃으며 되물었다.

"지금 뤄푸 동지만 홀로 쓸쓸하게 지내고 있잖나."

허쯔전이 한참 망설이다가 말했다.

"좋기는 한데 류잉이 그러고 싶어 하지 않을걸요."

"왜?"

"아기 낳는 걸 되게 겁내던데요. 오는 길에 저를 부축하면서 '어휴 정말, 고생이야! 고생이야!' 하더니 '나는 무슨 일이 있어도 결혼하지 않을 거야.' 그랬어요."

"물론 당장 결혼하라는 건 아니지. 나도 곧장 밀어붙이진 않을 거예요. 그저 일이 될 만한 분위기를 좀 만들어 줄까 해서."

이렇게 말하고는 목소리를 낮추어 말했다.

"벌써 리푸춘 동지랑 의논해 보았어요. 아직 그 아래 사무장이랑 상의하지는 않았는데 류잉을 전근시킬 생각이야. 여성 동지가 홀로 아래서 뛰어다니며 너무 고생하는 것 같아 마음이 그래요."

날이 저물자 허쯔전은 그냥 부대로 돌아가겠다며 일어섰다. 마오쩌둥과 호위병들이 한참을 붙잡아서야 겨우 주저앉았다.

첫닭이 울 때쯤 마오쩌둥은 허쯔전을 마을 밖까지 바랬다. 허쯔전

을 작은 조랑말에 태운 다음 위 호위병에게 휴양 중대까지 호위하라고 했다. 때맞춰 닭들이 마을 여기저기서 울어 대기 시작했다.

"거참 기운차게 우는군. 어째 닭 우는 소리가 좀 남다르지 않나?"

마오쩌둥이 빙그레 웃으며 물었다.

"글쎄요. 잘 모르겠어요."

허쯔전이 말 위에서 고개를 갸웃거렸다.

"바로 이 닭 우는 소리 때문에 지밍싼성이란 이름이 생겼다는군."

6장 다시 쭌이로 총부리를 돌려라

　1935년 2월 6일, 중앙 홍군은 펑펑 쏟아지는 눈을 맞으며 황량하기 그지없는 짜시에 이르렀다. 웅대한 우멍 산烏蒙山 오몽산은 이미 은백색으로 뒤덮였다. 눈을 맞으며 봄을 기다리는 기분이야 여느 때 같으면 말로 다 할 수 없을 터였다. 하지만 홑옷 바람으로 걷고 있는 전사들은 눈 쌓인 산이 그저 괴롭고 끔찍했다.

　짜시는 우멍 산 기슭에 자리 잡은 현 소재지였다. 말이 현 소재지이지 집이라고는 삼백 가구가 될까 말까 한 데다가 사람이 끓는 데라곤 대장간 몇 개와 절 두 개가 다인 작은 마을이었다. 논밭으로 둘러싸인 시가지는 좁고 허름했다. 마치 세상 끝에 온 것처럼 황량하고 스산한 느낌이 들었다. 마오쩌둥은 이 황량한 고장에 질린 사람들을 위로하며 말했다.

"여기가 꼭 그렇게 나쁜 것만은 아니라니까. 적이 올 염려가 없으니 며칠 푹 쉬세요."

"마오 주석 동지, 적이 안 올 거라고 어떻게 장담하십니까?"

"맞습니다. 얼마 전까지도 계속 따라붙었는데요."

사람들은 믿을 수 없는 얘기라는 듯 되물었다.

"적들이 이 산에서 뭘 먹고살겠습니까?"

마오쩌둥이 웃으면서 대꾸했다.

사실 홍군이야 어떤 곳이든 숨을 돌리고 쉬면서, 부대를 추스를 수 있다면 좋았다. 1방면군은 이곳에 머물면서 부대를 재편성했다. 부대마다 사람이 많이 줄어 전투 부대를 보강하기 위한 선택이었다. 1군단을 뺀 각 군단은 모두 사단 급 편제를 취소하고 삼만 명을 큰 연대 열여섯 개로 나누었다. 1군단은 세 개 사단, 아홉 개 연대였는데, 두 개 사단, 아홉 개 연대로 개편했다. 3군단은 손실이 무척 커서 세 개 사단을 큰 연대 네 개로 개편했고, 5군단과 9군단은 저마다 세 개 연대로 개편했다. 8군단은 5군단에 편입시켰다.

간부들 계급도 하나씩 낮추고 기관도 없앨 것은 없애 전투력을 높였다. 다행히 열심히 선전을 펼친 덕분에 홍군 수가 삼천 명 남짓 늘었다. 이곳 농민들이 얼마나 혁명을 원하는지를 말해 주는 성과였다. 홍군은 사기가 크게 올랐다.

재편성을 끝낸 뒤에는 장비도 가뿐하게 정리했다. 장시를 떠난 뒤,

행군과 전투를 번갈아 하면서 중앙 소비에트 구역 병기 공장, 화폐 공장, 옷 공장, 인쇄 공장에서 가져온 기계와 설비들을 대부분 버렸다. 하지만 지금까지도 아까워서 못 버린 물건들이 몇 가지 있었다. 의무대의 엑스레이 기계 같은 것이 그랬다.

지도부는 그 기계를 짜시에 두고 가기로 결정했다. 하지만 의무대장 허청賀誠 하성부터 반발하고 나섰다. 하기야 이 독일제 엑스레이 기계를 마련하느라 애쓴 것을 생각하면 그럴 만도 했다.

여러 해 전 중앙 소비에트 구역에서 엑스레이 기계가 꼭 필요하다고 하자 상하이에 있는 지하당에서 기계를 샀다. 그런데 사방이 적에게 가로막혀 소비에트 구역으로 기계를 보내기가 힘들었다. 여럿이 머리를 맞댄 끝에 기계를 관에 넣어서 영구를 나르는 것처럼 꾸미기로 했다. 고비 고비 아슬아슬한 일이 많았지만 결국 엑스레이 기계는 무사히 소비에트 구역에 닿았다.

이 기계는 장시 중앙 소비에트 구역에서 제 몫을 톡톡히 했다. 왕자샹이 적기가 떨어트린 포탄에 맞아 다쳤을 때도 이 기계로 포탄 조각을 찾아냈다.

허청은 장정이 시작되자 관보다 좀 작은 상자를 만들어 독일제 엑스레이 기계를 그 안에 넣고 짐꾼 두 사람에게 메웠다. 다른 부속품들은 작은 상자 두 개에 담았는데, 마땅한 짐꾼을 찾을 수 없어 결국 기계를 손보는 두 청년이 멨다. 야간 행군을 할 때면 넘어질까, 어디 상할까 신줏단지 모시듯 정성을 들였다. 앞에서 몇 사람이 횃불을 들고 길을 비추기까지 했다. 그런데 지금 지도부가 그 기계를 버리라고 하는 것이다. 허청은 완강했다. 결국 마오쩌둥이 허청을 찾아갔다.

허청은 베이징北京 북경 의과 대학 학생이자 대혁명 때부터 당원이었다. 광저우廣州 광주 봉기에 참가해 지하공작을 하던 사람이었는데 중앙 소비에트 구역에서 더 나은 의료 체계를 마련한다며 잠시로 데려왔다. 마오쩌둥이 부드럽게 말을 꺼냈다.

"허청 동지, 동지한테 보물이 있다지? 버리기 무척 아까워한다고 하더군."

허청도 대충 눈치를 채고 대꾸했다.

"그렇습니다, 마오쩌둥 동지. 아깝지요. 주석 동지께서도 마음이 아프시겠지요."

"마음이야 아프지만 버릴 건 버려야지 않겠습니까."

마오쩌둥이 잘라 말했다.

"우리는 지금 기동전을 해야 합니다. 그런데 크고 무거운 물건들을 다 지고 가다가는 어찌 되겠습니까. 우리 홍군은 대포도 츠수이강에 버리고 왔습니다. 동지도 그런 상황을 잘 알지 않습니까. 멋지게 싸워 적을 시원스레 쳐부수지 못한다면 우리는 양쯔 강을 건널 수없습니다."

허청은 입을 다물었다.

"허청 동지, 아까워하지 마세요. 우리는 엑스레이 기계만 필요한 게아니라 이 나라 전체를 아우르는 정권이 필요합니다. 전국이 해방되는 그날, 장제스가 버리고 간 것들을 동지가 가서 접수하세요."

그 말에 허청은 그만 허허 웃고 말았다.

이튿날 홍군은 사람들이 '진맥 족집게'라고 부르던 기계를 한 농민집에 숨겼다. 홍군이 떠난 뒤 국민당 현장이 이십만 원元이라는 어마

어마한 현상금을 걸고 그 엑스레이 기계를 찾았지만 허탕이었다.

중앙 홍군이 짜시에서 쉬면서 부대를 재편성한 뒤로 전세는 갈수록 험악해졌다.

판원화潘文華 반문화가 이끄는 쓰촨 군대 열 개 여단이 구린, 쉬융, 싱원興文 흥문, 공 현珙縣 공현, 가오 현高縣 고현, 쥔롄筠連 균련 일대에서 압박해 오고 쑨두孫渡 손도가 지휘하는 윈난 군대 네 개 여단이 옌진鹽津 염진, 전슝鎭雄 진웅에서 압박해 왔다. 중앙군 저우훈위안 종대는 비제畢節 필절에서, 구이저우에 있는 허지중何知重 하지중 부대는 여전히 츠수이 강의 투청, 얼랑탄二郎灘 이랑탄을 지키고 있었다.

백군은 사방에서 홍군을 조여 왔다. 중앙 홍군을 헝 강橫江 횡강과 츠

수이 강 사이, 싱원, 쉬융 이남, 비제, 전승 이북 지역 안에서 없애려
는 의도가 분명했다.

지도자들이 모여 앞으로 어디로 진격해야 할지 의논해 보았지만 뾰
족한 수가 떠오르지 않았다. 저우언라이는 지휘관들더러 계속 고민하
라고 일렀다.

류잉은 얼마 전부터 중앙으로 옮겨 당과 군 간부들의 생활을 돌보
았다. 요즘 마오쩌둥은 머리가 어찌나 길었는지 답답해 보였다. 류잉
이 머리를 깎으라고 몇 번이나 말했지만 그때마다 시간이 없다며 핑계
를 댔다. 그는 일에 빠져들면 겉모습이야 어떻게 되든 전혀 마음 쓰지
않았다.

날씨가 화창하고 따뜻한 날이었다. 류잉은 이발사를 찾아 더운물을 한 솥 끓여 놓은 다음 마오쩌둥을 찾아갔다. 마오쩌둥은 먀오 족들이 사는 소박한 나무 층집에 들어 있었다. 류잉이 뜰에 들어서 막 층계를 올라가려고 하는데 위 호위병이 막아섰다.

"위 동지, 주석 동지는 이발을 해야 해요. 저 긴 머리를 좀 봐요."

호위병이 고개를 저으며 말했다.

"사무총장 동지, 좀 기다리세요. 오늘 아침을 먹고 나서 문을 닫아 걸고는 누구도 들여보내지 말라고 했습니다."

류잉은 뜰에 있는 작은 나무 그루터기에 앉아 볕을 쬐면서 위 호위병과 이야기를 나누었다. 한 시간쯤 지나자 물이 다 식을 것 같아 마음이 바빠졌다.

"이젠 올라가 봐야겠어요."

류잉이 조심스레 위층으로 올라갔다. 문은 굳게 닫혀 있었다. 류잉은 살그머니 물을 열고는 안을 들여다보았다.

마오쩌둥이 솜옷을 걸친 채 쪽걸상에 앉아 불을 쬐고 있었다. 그는 손에 적삼을 들고는 이를 잡아 그대로 불 속에 던졌다. 그때마다 찍하는 소리가 짧게 울렸다. 앞에는 십만분의 일짜리 군용 지도가 벽 전

체를 차지한 채 걸려 있었다. 마오쩌둥은 이 몇 마리를 잡고는 고개를 쳐들고 지도를 한참 바라보았고, 지도를 바라보다가는 고개를 숙이고 다시 이를 잡았다. 류잉은 슬며시 웃음이 나왔다. 뭔가 골똘히 생각하는 중이라는 걸 어렵지 않게 알아챌 수 있었다. 류잉은 잠깐 서 있다가 조심조심 내려왔다.

"어때요? 끝나지 않았지요?"

류잉이 고개를 끄덕이며 대꾸했다.

"좀 더 기다려야 할까 봐요."

그는 눈을 깜빡이며 자리에 앉았다. 한 시간쯤 더 기다리다가 막 가려고 일어서는데 위에서 기침 소리가 들렸다. 어딘지 흥분과 기쁨이 묻어 있는 소리였다. 곧 마오쩌둥의 짙은 후난 사투리가 들려왔다.

"위 동지, 누가 왔나?"

"류잉 동지가 왔습니다. 한참 기다리셨어요."

호위병 위가 아이처럼 또랑또랑한 목소리로 대답했다.

"좋아요. 내가 내려가지."

마오쩌둥은 단추를 채우며 아래로 내려왔다. 그는 류잉을 보더니 어리둥절한 얼굴로 물었다.

"류잉, 왜 웃는 겁니까?"

그러자 류잉은 참지 못하고 깔깔 소리 내어 웃었다.

"조금 전에 이를 잡는 걸 봤는데 남들이랑 다르더군요."

"이 잡는데 남다를 게 뭐가 있나?"

"남들은 이를 잡으면 눌러 죽이는데 주석 동지는 잡아서 불에 던지던데요."

"아, 나는 인도주의자여서 화장을 해 주는 거예요."

마오쩌둥이 익살스레 말했다.

"화장? 수장을 하는 게 낫겠어요. 위 동지더러 물을 끓여 달라고 해서 데치면 더 좋을걸요."

"데치기도 해 봤지. 그런데 또 생기던걸."

마오쩌둥이 천연덕스러운 얼굴로 대꾸했다.

"이 이도 정말 끈질겨요. 일부러 혁명에 맞서는 것 같단 말이야. 꼭 내가 뭘 좀 생각할까 하면 물어요."

류잉이 못 말리겠다는 듯 고개를 저으며 웃었다.

"류잉, 《홍루몽紅樓夢》을 보았겠지?"

마오쩌둥이 물었다.

"어릴 때 얼추 읽었죠."

"가보옥賈寶玉이 한 말, 기억납니까? 남자는 흙으로 만들고 여자는
물로 만들었다고 했지. 그래서 내 몸에 이렇게 이가 많은 겁니다."

"저런, 그게 무슨 말이에요?"

"장시를 떠난 뒤로 옷을 벗고 잠을 자 본 일이 없고, 각반도 푸는 일
이 없었으니 누군들 이가 없겠어요. 머릴 안 감으면 정말 견딜 수가
없다구."

그러자 류잉은 마오쩌둥의 머리를 가리키며 말했다.

"그래요. 마오 주석 동지, 머리가 여자처럼 길었어요. 안 그래도 오
늘 머리를 깎으라고 이렇게 찾아온 거예요."

"고맙지만 류잉, 오늘은 안 돼요!"

"그럼 언제 깎아요?"

류잉이 풀이 죽어 물었다.

"솔직히 말하지."

마오쩌둥은 자기 머리를 가리키며 반 농담 삼아 말했다.

"한번 멋지게 싸워서 이기지 않고서는 머리가 삼천 자가 되어도 안
자를 겁니다."

그는 류잉을 보며 겸연쩍게 웃었다.

홍군 본부는 장시먀오江西廟 강서묘라고 부르는 옛 절에 있었다. 허름
한 절이지만 다른 농가보다야 넓었다.

마오쩌둥은 밭 가운데 난 오솔길을 지나 작전실에 이르렀다. 저우언라이와 주더, 작전국장 쉐펑이 지도 앞에 코를 박고는 심각한 얼굴로 서 있었다. 마오쩌둥이 밝은 얼굴로 들어서자 저우언라이는 벌써 대책이 섰다는 걸 알아차렸다.

"뭐 신통한 방법을 찾았나 보군."

마오쩌둥은 다른 사람이 더 없는 것을 보고는 여유 있게 담배를 피워 물었다. 그러더니 빙그레 웃으며 나직이 말했다.

"아무래도 총부리를 돌려야겠어요."

"총부리를 돌린다고?"

저우언라이가 눈빛을 반짝였다.

"다시 퉁즈, 쭌이로 가자는 겁니까?"

"그래요."

마오쩌둥이 고개를 끄덕였다.

"지금 전세는 불 보듯 뻔하지. 적들이 지금 여기서 우리 홍군을 치려고 해요. 그러니 이곳에 더 머물 수는 없는 노릇이고, 서른 개가 넘는 적의 여단이 양쯔 강을 막고 있어서 북으로 양쯔 강을 건널 수도 없어요. 하지만 쭌이 지역은 병력이 허술하니까 한번 호되게 칠 수 있지요. 이렇게 우리가 갑자기 머리를 동쪽으로 돌리면 나중에 적들이 우리가 간 곳을 알아낸다 해도 그때는 따라잡을 수 없을 겁니다."

"묘한 수군. 묘한 수야."

주더가 얼굴 가득 웃음을 띠운 채 손을 비비며 말했다.

"적들은 생각도 못할 테니 뒤통수를 제대로 칠 수 있겠어요."

"훌륭하군요."

저우언라이는 감탄하며 덧붙였다.

"하지만 우리는 북으로 양쯔 강을 건너는 것처럼 보여야 합니다. 적이 착각하게 말입니다. 이를테면 일부 병력을 주력 부대로 위장시켜 치 강 쪽으로 보내는 거지요."

마오쩌둥은 고개를 쳐들고 지도에 있는 치 강을 바라보면서 고개를 끄덕였다. 저우언라이가 내놓은 계획이 무척 마음에 들었다. 그런데 작전국장 쉐펑이 이마를 찌푸렸다.

"지금 산 아래에 적들이 잔뜩 몰려와 있는데 우리가 만약 산을 못 내려가거나 적들한테 발목을 잡히면 어쩝니까?"

마오쩌둥은 담배를 한 모금 빨고는 여유 있는 얼굴로 대꾸했다.

"그럴 리 없어요. 이번에 우리는 오솔길을 골라 다니면서 큰길은 모두 적에게 내줄 거거든. 산과 산은 모두 이어져 있으니 적들이 무슨 수로 그 많은 길을 다 막겠습니까. 적들이 눈치 못 채게 산을 내려가야 합니다. 이번에 거추장스러운 장비를 얼추 정리하지 않았습니까."

"좋습니다. 그럼 내가 뤄푸, 보구, 자상을 찾아 회의를 하겠습니다."

저우언라이가 말했다.

"류보청 동지가 부대에서 돌아오면 자세한 계획을 내놓으라고 하지요."

그때 통신원이 전보문을 갖고 들어왔다. 저우언라이는 전보를 보더니 슬며시 웃으며 마오쩌둥에게 건넸다.

"쉐웨가 보낸 전보인데 좀 보지. 금방 해독했다는군."

주더도 가까이 다가왔다. 전보는 홍군이 어디서 무얼 하는지 써 놓고, 홍군을 독 안에 든 쥐네 어쩌네 하고는 이렇게 맺었다.

공비 주력 부대는 우리 쓰촨·구이저우 군대한테 당하고 서쪽 짜시·
전습·뉴제牛街 우가 지역으로 도망쳤다. 거기서도 발붙일 곳 없이
굶주리고 지쳐 온 데서 약탈을 일삼고 노략질을 하는 떠돌이 도둑 떼가

되었다. 괴수 주더와 마오쩌둥은 변장을 하고 도망쳤다는 소문이 짜하다.

마오쩌둥과 주더는 서로 마주 보며 웃음을 터뜨렸다. 마오쩌둥은 담뱃재가 옷에 튀는 줄도 모르고 웃었다.

"맙소사! 지금 우리는 물샐틈없이 포위되어 하늘로 올라가려니 길이 없고 땅으로 숨어들려니 문이 없는 처지가 돼 버렸는데 어디로 도망간다지? 이젠 꼼짝 못 하고 잡혔군."

주더가 냉정하게 말했다.

"장제스가 이따위 이야기를 좋아하니까 아랫놈들도 같잖은 소식만
꾸며 보내는군. 불쌍한 놈들!"

중앙 홍군은 2월 18일부터 짜시 동쪽으로 몰래 진군하다가 저항하
는 구이저우 군대를 눈 깜짝할 새에 물리치고 얼랑탄과 타이핑 나루
터에서 두 번째로 츠수이 강을 건넜다. 그리고 시수이의 구석진 오
솔길을 따라 서둘러 퉁즈로 진군했다. 포성을 울리며 쓰촨 군대가
뒤를 쫓아왔다.

　산은 안개로 온통 뒤덮였고 하늘도 희뿌옜다. 구이저우에는 보슬비
가 하염없이 내리고 있었다.

　움직임이 재빠르기로 이름난 중국 노농 홍군이지만 한동안은 무거
운 짐을 지고 움직이느라 느려 터질 수밖에 없었다. 짜시에서 재편성
을 하고 나니 장비가 가뿐해져 지난날 같은 모습을 되찾았다. 하지만
간부 휴양 중대의 젊은 중대장 허우정侯政 후정은 부대원들의 행동이
가뿐하고 빠를수록 더 힘들고 어려웠다. 원인은 간단했다. 이 중대는

'특수 중대'였기 때문이다. 중국 공산당 안에서 이름 높은 다섯 노인 가운데 세 사람이 이 중대에 있었다. 또 덩잉차오鄧穎超 등영초와 허쯔전처럼 장정에 나선 여성 전사 삼십여 명이 대부분 이 중대였다. 다치거나 병에 걸린 고위 간부도 있었다. 이런 사람들을 거느린다는 것은 쉬운 일이 아니었다.

허우정은 워낙 다른 군단에서 의무대장으로 일했다. 위에서 휴양 중대로 가라고 하자 그는 골치가 아파 어지러울 지경이었다. 그가 휴양 중대로 가기 힘들겠다며 까닭을 대려는데 명령을 전하러 온 사람이 물었다.

"동지는 공산당원겠지요?"

그는 감히 거절할 수 없었다.

곧 저우언라이가 홍군 총정치위원 자격으로 그를 찾아왔다. 부드럽고 친절한 대화였지만 마지막 말은 의미심장했다.

"허우정 동지, 만약 한 사람이라도 잃어버린다면 동지는 목숨을 내놓아야 할 겁니다."

저우언라이는 이런 말을 쉽게 하는 사람이 아니었다.

허우정은 두렵고 불안한 마음으로 이 일을 맡았다. 무엇보다 둥비우, 쉬터리, 셰줴짜이 세 노인이 가장 걱정이었다. 세 사람 가운데 한 사람이라도 잃는 날에는 그 죄를 어찌 지겠는가. 하지만, 노인들은 대오에서 뒤처지지도 않았고, 숙영지에 이르면 이 일 저 일을 앞장서 거들었다. 특히 둥비우는 이 '특수 중대' 지부 서기를 맡고 있었는데, 치밀하게 계획을 세워 일을 하는 데다가 문제가 생길 때마다 옳은 길을 찾아 세심하게 풀어 일손을 반은 덜어 주었다. 여성 동지들도 걱정

되긴 마찬가지였다. 그런데 이 여성들은 승부욕이 어찌나 강한지 남한테 절대 지려고 들지 않았다.

하지만 장정 중에 여성 동지들이 아이를 낳는 일 만큼은 좀체 익숙해지지 않았다. 처음에는 너무 긴장해서 어쩔 줄을 몰랐다. 그때는 걷다가 진통이 왔다. 숙영지에 거의 이르렀을 때는 어느새 피가 두 바짓가랑이 사이로 흘러나왔다. 그는 땀을 뻘뻘 흘리며 얼른 두 여성 동지를 찾아 부축하게 했다. 어렵사리 이삼 리 길을 걸어 집을 찾아 들어가, 얻어 온 짚 위에서 겨우 아이를 낳았다.

두 번째는 또 다른 불안을 맛보았다. 그 여성 동지도 행군을 하다가 진통이 왔다. 다행히 길가에 집이 있어서 무작정 들쳐 업고 들어갔다. 그런데 진통이 심해 데굴데굴 뒹굴면서도 아이는 쉽사리 세상 밖으로 나오지 않았다. 뒤쫓아오는 적군이 쏘아 대는 총소리는 점점 가까워졌다. 이럴 때는 어떻게 해야 한단 말인가? 그냥 버리고 가야 할지, 아니면 이대로 함께 포로가 되어야 하는 것인지, 허우정은 결정을 내릴수가 없었다. 온몸의 피가 마르는 듯했다.

다행히 둥비우가 침착하게 수화기를 들더니 뒤에서 엄호를 맡고 있는 5군단 군단장 둥전탕董振堂 동진당더러 한동안 더 버텨 달라고 부탁했다. 둥전탕은 통쾌하게 대답했다.

"둥 어르신, 천천히 낳으라고 하십시오."

아기는 한 시간 뒤에야 나왔다. 5군단 전사들이 목숨을 걸고 엄호한 끝에 아기는 세상을 볼 수 있었다. 그런데 지금 들것에 누워 있는 허쯔전은 또 언제 아이를 낳게 될지 몰랐다. 이번에는 일이 어떻게 될지⋯⋯.

허우정은 허쯔전의 들것을 바싹 따랐다. 둥비우와 외과 의사 리즈^李^治 이치, 간호사 리슈주^{李秀竹} 이수죽도 함께 움직였다. 준비는 완벽했다. 둥비우가 꼼꼼하게 챙긴 덕이었다. 그렇지만 언제 아이가 나올지 알 수 없으니 낭패였다. 엊그제도 허쯔전이 배가 아파 사람들을 바싹 긴 장시킨 적이 있었다. 준비를 다 갖추고 기다렸지만 소식이 없었다. 오늘 아침에도 또 한 번 진통이 왔지만 별일이 없었다. 허쯔전은 겉보기에는 부드럽지만 속은 단단한 사람이었다. 정말 참을 수 없는 형편이 아니고서는 절대 앓는 소리를 내지 않았다. 그러니 더욱 때를 가늠하기 어려웠다.

간부 휴양 중대는 깊고 외진 산골짜기를 지나고 있었다.

허쯔전은 회색 군용 담요를 덮고 들것에 누운 채였지만 얼굴은 평온해 보였다.

들것에 누워 자면 아주 편안할 것 같지만 딱히 그렇지도 않았다. 구이저우의 산길은 돌이 많고 울퉁불퉁했다. 들것을 든 사람은 발밑을 보기가 어려워서 돌부리에 걸려 넘어지는 일이 잦았다. 허우정은 들것 대원에게 조심하라고 여러 번 일렀다.

'제발 오늘만 무사히 지나가라. 이제 곧 숙영지에 닿을 텐데 거기까지만 버텨 주면 좋겠다, 거기까지만.'

그는 지그시 눈을 감고 자는 듯 누운 허쯔전을 보면서 둥비우에게
말했다.

"보아하니 오늘은 괜찮을 것 같습니다."

"아니, 그래도 마음을 놓아선 안 됩니다."

과연 둥비우의 말은 틀림이 없었다. 뒤에서 포성이 울리더니 곧 기
관총 소리가 뒤섞여 들려왔다. 적들이 점점 가까이 오고 있었다.

'야단났군!'

허우정이 속으로 투덜댔다. 일이 또 지난번처럼 되지 않을까 더럭
겁이 났다. 허우정은 저도 모르게 둥비우를 바라보았다. 둥비우도 마
음이 바빴지만 침착하게 말했다.

"앞에다가 좀 빨리 걸으라고 하세요."

부대의 행군 속도가 빨라졌다. 한참 들추며 가던 들것에서 얕은 신
음이 들렸다. 걸음을 다그쳐 다가가 보니 허쯔전의 낯빛이 해쓱했다.
이마에는 땀방울이 가득 돋아 있었다. 허우정은 순식간에 마음이 졸
아들었다. 사방에 마을이라고는 보이지 않았다. 앞은 안개에 가리운
구불구불한 오솔길뿐이었다.

"둥 어르신, 어떻게 할까요?"

허우정이 속이 타서 물었다.

"먼저 앞으로 가서 집이 있나 보세요."

둥비우가 고갯짓을 하며 차분하게 대답했다.

사람들은 들것을 들고 산속으로 난 오솔길을 달리듯 걸었다. 허우
정은 걸으면서 두 눈이 모자랄 지경으로 사방을 훑었다. 이삼 리쯤 걷
자 눈치 빠른 통신원이 소리쳤다.

"허우 중대장 동지, 저기 산모퉁이에 집이 보입니다."

산허리에 있는 바위 모퉁이에 정말 거무스름하고 야트막한 집이 두세 채 보였다.

"좀 기다려 주십시오. 제가 보고 오겠습니다."

허우정은 통신원을 데리고 돌격하듯 재빨리 올라갔다. 오두막 문은 반쯤 열려 있었다. 사람은 없고 방 한가운데에서 화롯불이 벌겋게 타오르고 있었다.

곁에 놓인 큰 구리 주전자에서는 물이 펄펄 끓었다. 집주인이 금방

어디로 숨어 버린 것 같았다. 아이를 낳기에는 안성맞춤이었다. 허우
정은 기뻐서 산 아래로 손짓을 했다.

　사람들은 들것을 들고 헐떡거리며 올라왔다. 리슈주와 리즈가 뒤를
따랐다. 리즈는 이런 일쯤 얼마든지 잘해 낼 수 있다는 듯 자신만만하
게 웃고 있었다. 둥비우도 뒤따라 힘겹게 올라왔다. 허우정이 걱정스
레 말했다.

　"둥 어르신, 연세도 많으신데 굳이 안 올라오셔도 되는데요."

　"사람 목숨이 달린 일인데 어찌 안 올라오겠나?"

　뒤에서 포성과 자지러지는 듯한 기관총 소리가 들려왔다. 허우정이

다급하게 소리쳤다.

"리 동지, 서둘러 주십시오!"

"이게 서둘러서 되는 일입니까?"

리즈는 눈을 슴뻑이며 반쯤 농담 섞인 말투로 대꾸했다. 들것 대원들이 들것을 들여 놓고 나가자 리슈주가 문을 걸었다. 둥비우와 허우정은 밖에서 기다렸다.

곧 쟁강쟁강 쇠 부딪치는 소리 사이로 간간이 허쯔전이 내는 신음

소리가 들려왔다. 그러더니 반 시간도 지나지 않아 아기 우는 소리가
들렸다. 여리면서도 강한 생명력이 느껴지는 소리였다. 둥비우는 무
릎을 치며 말했다.

"훌륭하군, 훌륭해. 정말 훌륭하군!"

다른 사람들도 마음이 놓인 듯 웃었다.

집 안에서는 긴장해서 서두는 소리가 어지럽게 들려왔다. 대야를
놓는 소리, 구리 주전자로 물을 따르는 소리, 리슈주와 리즈가 속삭이
는 소리가 뒤섞여 있었다.

허우정이 사내애인지, 계집애인지 물어보려는데 흥분 섞인 리즈의
외침이 들려왔다.

"축하드립니다. 허쯔전 동지. 따님입니다."

사람들의 웃음소리는 곧 콩 볶는 듯한 총소리에 뚝 끊어졌다. 기관
총 소리뿐만 아니라 장총 소리도 똑똑히 들렸다. 적이 코앞까지 바싹
다가온 것이다. 허우정이 걱정스러운 얼굴로 물었다.

"아기를 어떻게 하면 좋을까요, 어르신?"

둥비우가 수염을 쓰다듬으면서 단호하게 말했다.

"두고 갈 수밖에 없지요. 이건 규정입니다."

"하지만 주인이 집에 없지 않습니까?"

"돈을 좀 남겨 놓아야겠어요."

"얼마를요?"

"너무 적으면 안 되니까 은전 서른 닢을 두고 가지요."

허우정은 묵직한 가방에서 돈을 꺼내 서른 닢을 세어서 종이에 쌌
다. 둥비우는 그 돈을 받아서 이리저리 가늠해 보고는 한참 망설이다
가 말했다.

"허우정 동지, 너무 적지 않을까? 이곳 인민들은 아주 어렵게 사는
데……. 동지한테 아편이 있지 않나?"

"네. 있습니다."

허우정이 통신원더러 배낭을 달라고 하더니 서둘러 아편 두 덩이를
꺼냈다. 들어 보니 한 근은 될 것 같았다. 구이저우에서는 아편이 꽤
나 돈이 되었다. 홍군은 인민들에게 손해를 끼치지 않기 위해서 장정
에 나선 뒤부터 소비에트 화폐를 쓰지 않고 은전을 쓰거나 몰수한 아

편을 돈 대신 썼다. 허우정은 준비를 다 마치고 나서 문을 두드리며
외쳤다.

"리 동지, 빨리 끝내십시오!"

"그럼 동지가 하면 되지 않습니까."

리즈가 안에서 불퉁하게 대꾸했다.

"그러니까 되도록 빨리 하라는 말 아닙니까."

곧 문이 열리고 들것 대원이 들어갔다. 머리에 큰 수건을 두른 허쯔
전이 창백한 얼굴로 누워 있었다. 들것 아래로는 피가 뚝뚝 떨어졌다.

"리 동지."

문을 나서려는데 허쯔전이 눈을 가느스름히 뜨고 나지막히 속삭였다.

"리 동지, 아이를 보여 줘요."

리즈는 흰 무명에 싼 아기를 안아 왔다. 허쯔전은 떨리는 손으로 아기를 받아 안고는 물끄러미 바라보았다. 그는 아기를 리즈에게 넘겨주면서 목이 메어 말했다.

"리 동지, 아이를 불 가까이에 놓아 주세요."

말을 끝내기도 전에 그는 울음을 터뜨렸다. 눈물이 하염없이 흘러
내렸다.

"쪼전 동지."

둥비우가 다가가 위로했다.

"지금 형편에선 이럴 수밖에 없어요."

"알아요. 어르신. 고맙습니다."

허쪼전은 눈물을 닦으며 맥없이 대답했다.

"아이가 인민과 함께 사는 것도 좋지요. 아이가 자라서 혁명을 하게
되면 우리를 찾겠죠. 만약 적이나 나쁜 사람이 된다 해도 어쩔 수 없
지요. ……."

총소리가 점점 가까워졌다. 둥비우가 들것 대원들에게 손을 저었
다.

"어서 떠나지! 우리는 뒤따라갈 테니까."

들것은 산 아래로 내려갔다. 둥비우와 허우정은 방으로 들어갔다.
한참 울던 아기는 짚더미 위에서 잠들어 있었다.

허우정은 은전 서른 닢을 아기 곁에 놓고 아편 두 덩이는 사발 안에
넣은 뒤 다른 사발로 덮어 놓았다. 둥비우는 빗자루를 들고 더러워진
바닥을 깨끗이 쓸었다.

"이젠 가시죠."

허우정이 둥비우를 보며 말했다.

"아니, 글을 남겨야겠어요."

둥비우는 쪽걸상에 앉더니 가방에서 종이와 붓을 꺼내 침대에 놓고
는 단정하게 쪽지를 쓰기 시작했다.

집주인님께.

우리는 가난한 사람들을 위해 싸우는 노동 홍군입니다. 오늘 어쩔 수 없이 이 댁에서 아기를 낳게 되었습니다. 절대 토호나 악덕 지주들이 하는 말에 속지 마십시오. 먼 길을 싸우며 가야 해서 아기를 데리고 갈 수 없습니다. 어르신께서 아이를 길러 주시면 고맙겠습니다. 적지만 은전 서른 닢과 아편 두 덩이를 받아 주십시오.

홍군 휴양 중대 등비우 드림.

둥비우가 붓을 거두지도 못했는데 총소리가 더 자지러졌다. 호위병이 밖에서 소리쳤다.

"둥 어르신, 가시지요. 더 늦으면 안 됩니다."

"뭐가 그렇게 급합니까."

둥비우는 종이와 붓을 가방에 넣고 쪽지를 아기 곁에 놓은 다음 무거운 물건으로 짓눌러 놓았다. 그러고는 무명에 싸여 있는 아기를 톡톡 두드려 주고는 허우정과 함께 총총히 들것을 쫓아갔다.

허쯔전은 혼미한 상태로 들것에 누워 있었다. 가끔 눈을 뜨고 끝없이 이어진 산들을 바라보았다. 눈에 보이는 것은 온통 산뿐이고 그 산들을 영원히 헤어나지 못할 것 같았다. 동지들의 대열이 구불구불 끝도 없이 이어지고 있었다. 희뿌연 안개비 사이로 구름이 끝없이 펼쳐졌다. 오두막을 떠나온 지 한참 됐지만 아기 우는 소리가 자꾸만 귓전에서 맴돌았다. 여리고 가냘픈 소리가 애닯게 느껴졌다. 허쯔전은 울음소리를 떨쳐 버리려고 애를 썼지만 소용이 없었다. 얼마나 더 갔을까. 그 소리는 갑자기 세 살 난 마오마오가 울부짖는 소리로 변했다.

"엄마, 엄마, 어딨어!"

또 아기를 낳고 나니 허쯔전은 마오마오가 사무치게 그리웠다.

비몽사몽간에 허쯔전은 어느새 루이진에 있는 사저우바에 와 있는 자신을 보았다. 문 앞에 높다란 녹나무가 있는 초라한 나무 층집 앞이었다. 녹나무 아래는 바로 마오마오와 이웃집 아이가 날마다 나와 놀던 곳이었다. 하지만 지금은 텅 빈 채 마오마오도 이웃집 아이도 보이지 않았다. 뜰에 들어가서 층집 아래위를 샅샅이 찾아보았지만 사람 그림자도 보이지 않았다.

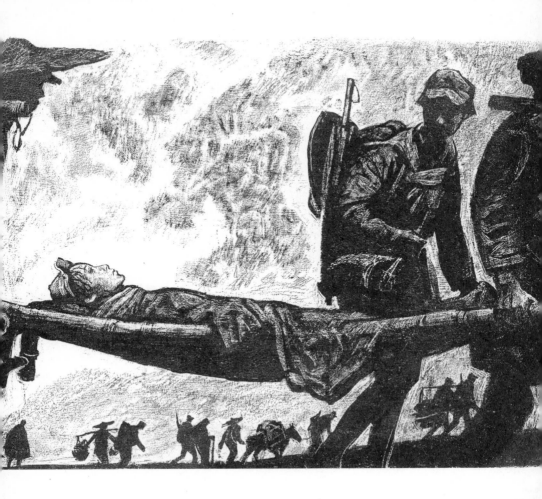

마오마오가 산에 딸기 따러 갔나 보다 생각하고 문을 나섰다. 이 산에서 저 산으로 찾아다녔지만 마오마오는 아무 데도 없었다. 그런데 갑자기 저쪽 봉우리에 있는 큰 나무 밑에 웬 여자가 어린아이를 안고 있는 것이 보였다. 여동생 허이였다. 허쯔전은 남은 힘을 다 내어 달려갔다.

"너 왜 여기에 와 있니?"

"산 아래는 온통 백군들 천지예요. 도저히 버틸 수가 없다구요."

"우리 마오마오는 어디 있어?"

"저기서 자고 있잖아요!"

허이는 짚 더미를 가리키며 날카롭게 소리쳤다. 짚 더미를 헤치고 보니 홑옷만 걸친 마오마오가 정말 검불 속에서 자고 있었다. 조그만 손은 얼어서 새빨갛게 된 채였다. 허쯔전이 막 옷을 벗어서 덮어 주려고 하는데 마오마오가 깨어났다. 마오마오는 엄마를 부르면서 품에 와락 안겼다.

"엄마, 보고 싶었어. 어디 갔었어?"

아이는 쉴 새 없이 종알거렸다.

"엄마, 배 고프지? 내가 산에 가서 딸기 따 가지고 올게."

그러고는 엄마 품을 벗어나 산비탈로 달려갔다. 한참 지나자 마오마오는 빨갛고 싱싱한 딸기를 모자에 가득 담아 와서는 높이 쳐들며 말했다.

"엄마, 이거 먹어. 엄마는 딸기를 제일 좋아하잖아."

허쯔전은 딸기를 하나 입에 넣었다. 이렇게 맛있는 딸기는 먹어 본 적이 없는 것 같았다. 그때 갑자기 허이가 소리쳤다.

"언니, 어서 도망쳐요. 적들이 와요!"

산 아래 마을에서 불길이 치솟으며 검은 연기가 뭉게뭉게 피어올랐다. 어느새 백군들이 덮쳐들었다. 허쯔전은 마오마오의 손을 잡고 냅다 뛰었다. 산을 넘고 또 넘었지만 어디나 적들로 넘쳐 났다. 이제는 더 움직일 수도 없었다. 백군들은 금방 따라왔다. 한 백군 군관이 독살스럽게 웃으며 말했다.

"어디로 도망가려고!"

허쯔전이 소리쳤다.

"난 네놈 마음대로 해! 하지만 이 아이는 안 돼!"

그러자 그 군관이 비웃듯 말했다.

"여기는 적색 구역이니까 바위는 칼을 맞아야 하고 초가는 불타야 하고 사람 새끼는 종자를 갈아야 해! 어린아이도 씨를 남겨선 안 되지!"

그는 총을 들고 마오마오를 겨누더니 탕 쏘았다. 마오마오는 허쯔전의 품으로 힘없이 쓰러졌다.

허쯔전은 놀라 소리치며 깨어났다. 눈을 떠 보니 여전히 들것에 누운 채 희뿌연 안개에 싸인 산 속을 걷고 있었다. 머리맡은 차고 축축한데 빗물 때문인지 눈물 때문인지 알 수 없었다.

빗속에서도 총소리는 자지러졌다.

둥비우와 허우정이 고함 소리에 놀라 달려왔다.

"쯔전, 괜찮아요?"

"네, 괜찮아요."

허쯔전은 고개를 돌리며 얼버무렸다.

가랑비는 멈출 생각을 하지 않았다. 들것은 긴 행렬을 따라 계속 나아갔다. 들것에서는 끊임없이 뭔가 뚝뚝 떨어졌다. 그것이 핏물인지 빗물인지 가늠할 수 없었다. 뒤에서는 여전히 총소리가 어지럽게 울렸다.

소슬한 안개비를 맞으며 군마 몇 필이 달려왔다. 맨 앞으로 낡은 회색 외투를 걸치고 붉은 오각별을 단 팔각 모자 아래로 검은 머리칼을 길게 드리운 사람이 보였다. 마오쩌둥이었다. 그는 호위병들을 뒤딸린 채 바쁘게 말을 달렸다. 행군하던 사람들은 그들이 가까이 오자 한켠으로 비켜 길을 내주었다. 일행은 곧 어딘가 흐트러진 채 걷고 있는 대오와 맞닥뜨렸다. 군데군데 들것도 여러 개 끼어 있었다.

"마오 주석 동지, 앞에 가는 분들이 간부 휴양 중대가 아닐까요?"

마오쩌둥은 말을 멈췄다. 고삐를 선 호위병에게 넘기고 조금 걸어

가니 쉬터리의 뒷모습이 보였다. 쉬터리는 붉은 술이 달린 창을 지팡이 삼아 힘차게 걷고 있었다. 붉은 별이 달린 홍군 모자를 쓰고 짙은 구릿빛 가죽 두루마기를 걸치고 있었다. 그런데 두루마기가 어찌나 긴지 끈으로 허리춤을 졸라매는 바람에 아래 옷섶이 잔뜩 쳐들린 채였다. 게다가 옷깃이 없어 더 우스꽝스러워 보였다. 사람들이 '용포'를 입고 있다며 쉬터리를 골리는 것도 다 이 두루마기 때문이었다.

"쉬 선생님, 몸은 좀 어떠십니까?"

마오쩌둥이 쉬터리 곁으로 다가가며 물었다.

쉬터리가 쓰고 있는 모자에는 챙이 없었다. 모자를 잃어버려서 스스로 만들어 쓴 것이라고 했다. 구닥다리 안경도 다리가 하나 떨어져 가는 끈으로 묶어 귀에 걸었다. 하지만 노인의 눈에는 총기가 돌았다. 쉬터리는 마오쩌둥을 보더니 기뻐서 웃음을 감추지 못했다. 그러고는 성큼성큼 걸음을 내디디며 자랑스럽게 말했다.

"이보게. 난 한 번도 대오에서 떨어진 적이 없다네. 룬즈潤芝 윤지, 자네는 여위어 말이 아니군 그래. 요사이도 밤을 새며 일하나?"

마오쩌둥이 웃으며 고개를 끄덕였다. 저만치 쉬터리의 말을 끌고 앞서 가는 소년 전사가 보였다. 지난번에 허쯔전이 '어린 마부'가 말을 타고 쉬터리가 그 말을 몬다고 하더니 그 소년인가 보았다.

"선생님, 사람들이 선생님께 불만이 대단하던데요."

"불만이라니?"

쉬터리는 흠칫 놀라며 고개를 돌려 마오쩌둥을 보았다.

"왜 말을 안 타고 다니십니까?"

"아, 나는 또 무슨 불만인가 했더니……."

쉬터리가 웃으면서 말했다.

"내가 진작 말했지만 말을 타면 허리가 아파."

언젠가 쉬터리가 말이 늙어 불쌍해서 타지 않는다는 이야기를 들은
적이 있었다. 하지만 그 뒤 다른 말로 바꾸어 주었는데도 여전히 말에
오르지 않는 걸 보면 꼭 그런 것만도 아니었다.

"정말 허리가 아프세요? 다른 까닭이 있는 건 아니구요?"

마오쩌둥이 미심쩍은 얼굴로 물었다.

"룬즈, 이렇게 자꾸 따져 물으니 솔직하게 얘기해 주지."

쉬터리는 제법 엄숙하게 말했다.

"이 문제를 내가 오랫동안 생각해 보았네. 말이란 걸음을 대신해 주는 짐승이라네. 걸음은 제 발로 걸어야지 누군가 대신해 줘 버릇한다면 근본을 버리고 말초를 따르는 것과 같네. 자꾸 말만 타다 보면 몸이 허약해져서 걸음도 제대로 옮길 수 없을 거야. 그렇게 되고 나면 말이 없으면 어쩐단 말인가?"

마오쩌둥이 졌다는 듯 고개를 저으며 말했다.

"선생님 말씀이 맞습니다. 하지만 연세가 많으시니 무리하지 마십시오."

말 등에는 쉬터리의 책 짐이 잔뜩 실려 있었다. 다른 사람들의 배낭도 더러 보였다. 쉬터리는 마치 자식을 어루만지듯 말을 정겹게 쓰다듬었다.

"보게, 실린 물건이 적지 않다네."

쉬터리는 말에 실은 짐 말고도 자루 두 개를 메고 있었다. 작은 자루는 그런 대로 썽썽했지만 큰 자루는 알락달락한 천 조각을 기워 만든 것이었다. 묵중한 걸 보아 뭘 많이 넣은 것 같았다.

"그 자루에는 대체 뭐가 들었습니까?"

마오쩌둥이 물었다.

"이것저것, 여하튼 버리면 안 되는 것들이라네."

쉬터리가 말했다.

"작은 자루에는 내 문방사우가 들었거든. 벽에다가 표어를 쓸 때 아주 그만이지. 이 큰 자루에는 못, 노끈, 송곳, 망치……, 뭐든 다 들어 있네. 사람들은 이 자루를 값없이 여겨 자꾸 버리라고 하지. 우스개로

'보물 자루'라 부르기도 하고. 한번은 한데서 들것이 부러졌는데 마땅히 손볼 방법이 없었지. 한데 나한테 이게 있어 바로 고칠 수 있었다네. 그런데 내 이 '보물 자루'를 없애서야 되겠나?"

쉬터리의 고집스러운 성격이 그대로 드러났다. 마오쩌둥이 웃으면서 고개를 끄덕였다. 쉬터리가 갑자기 고개를 돌리며 물었다.

"참, 우리가 또 쭌이로 간다던데?"

"그렇습니다."

마오쩌둥이 말했다.

"오늘 아침에 러우산관을 공격하기 시작했습니다. 러우산관을 점령하고 나면 쭌이를 칠 겁니다."

"참 훌륭하이. 쭌이는 문화의 도시가 아닌가. 장서가 아주 많지. '삼통 三通'이 입에서 입으로 전해 내려온 곳이네. 거기다 큰 도서관을 세울 생각이었는데 부대가 철거하는 바람에 그만두었어. 이번에 다시 쭌이를 점령한다면 그 일을 하게 해 주게."

쉬터리는 흥이 나서 이야기했다.

그때 간부 휴양 중대의 지도원 리잉타오 李櫻桃 이앵도가 걸어왔다. 그는 활짝 웃으며 마오쩌둥에게 경례를 했다. 홍군 모자 아래로 깔끔한 단발머리가 보이는 데다가 단단히 졸라맨 허리띠에는 자그마한 권총까지 차고 있어 꽤나 씩씩해 보였다. 수천 리 길을 고생스럽게 걸은 뒤인데도 어딘지 여유로워 보였다. 발그레한 얼굴은 금방 딴 앵두빛이었다.

"잉타오 동지, 일을 참 야무지게 했더군. 어르신들이 아무 탈 없으니 정말 훌륭해요."

"그분들이 얼마나 많은 일을 도와주시는데요."

리잉타오가 웃으며 말했다. 예쁘고 총명해서 은근히 마음에 두고 있는 이가 많았다. 잘생기고 재능 있는 사람도 많았지만 모두 거절당했다는데, 도대체 무슨 까닭인지는 아는 이가 없었다. 스스로도 그 애기는 절대 꺼내지 않았다.

"잉타오 동지, 동지의 정책은 아직 그대롭니까?"

"정책이라니요?"

"왜, 그 한결같은 독신 정책 말입니다."

잉타오가 고개를 숙이며 작게 웃었다.

"주석 동지, 소문이 정말 빠르군요. 그 일은 제가 시간을 내서 따로 보고하도록 하겠습니다."

"좋아요. 내가 꼭 알아내고야 말 테니까."

마오쩌둥이 장난스럽게 대꾸했다.

"셰쒜짜이 어르신은 어디 계시지?"

리잉타오가 앞을 가리키며 말했다.

"저기 보이시죠? 앞에 가셨어요."

셰쒜짜이는 사람들 틈에 섞여 산비탈을 오르고 있었다. 그는 큼직한 솜 군복을 입고 대나무 지팡이를 짚으면서 힘들게 걸음을 옮겼다. 마오쩌둥은 리잉타오와 함께 걸음을 재우쳤다. 셰쒜짜이는 이마에 땀이 송골송골했다. 몸이 많이 쇠약해진 것 같았다.

"셰 어르신, 괜찮으세요?"

셰쒜짜이는 걸음을 멈추더니 눈을 가느스름히 뜨고 물었다.

"룬즈인가?"

"네, 그렇습니다."

마오쩌둥이 웃으며 대꾸했다.

"오늘은 웬일로 안경을 안 쓰셨네요."

"쓸 수가 없었네."

그는 저고리 호주머니를 툭툭 치면서 한숨을 지었다.

"안경을 깰까 봐 겁이 났거든. 어제 숙영지에 이르러 안경을 찾으니 없지 않겠나. 아마 오는 길에 잠깐 쉴 때 잃었나 보다 하고 오 리 길을 되돌아가 풀밭을 샅샅이 뒤져도 없어. '야단났군! 이젠 아무것도 할 수 없고 책도 볼 수 없겠군.' 하고 생각했네. 그런데 책이 불룩해서 보니 안경을 책에 끼워 두지 않았겠나!"

마오쩌둥이 웃으며 말했다.

"잃어버리지 않으려면 역시 안경을 쓰고 다니시는 편이 좋겠습니다."

"하지만 자네 이 구이저우의 길을 좀 보게!"

셰쮀짜이는 질척거리는 붉은 진흙 길과 비안개 속에 잠긴 채 끝없이 펼쳐진 산들을 가리켰다. 마오쩌둥이 막 대꾸를 하려는데, 셰쮀짜이의 목에 걸린 빨간 끈이 보였다. 가슴 쪽이 불룩한 것이 솜옷 속에 뭔가 있는 것 같았다.

"그런데 어르신, 목에 뭘 걸고 계십니까?"

"음, 뭔지 알고 싶은가?"

셰쮀짜이가 가슴을 치면서 의기양양하게 말했다.

"우리의 보물이라네!"

셰쮀짜이가 앞단추 두 개를 풀자 붉은 비단에 싼 꾸러미가 나타났다. 마치 기독교 신자가 십자가를 품듯이 가슴팍에 소중히 걸고 있었다.

"우리 소비에트 공화국 내무부의 도장이야! 그러니 어찌 귀중하지 않겠나?"

마오쩌둥이 하필 왜 목에 걸고 계시냐고 물으려는데 리잉타오가 웃으며 끼어들었다.

"지난번 투청 전투에서 적들이 바싹 뒤쫓아 오는데 어르신이 갑자기 땅바닥에 주저앉으시는 게 아니겠어요. 저고리도 벗고 웃통도 다

드러내시고……."

"아니 왜? 적들이랑 목숨 걸고 싸우시려고 그랬나?"

"글쎄 말이에요. 모두들 이상하게 생각했지요. 제가 뭘 하려고 그러시냐고 물어도 들은 척도 않고 가방에서 도장을 꺼내 붉은 비단에 싼 다음 목에 거시더라구요! 그러더니 옷을 마저 입으시고는 '이러면 적들이 날 붙잡지 않는 이상 잃어버릴 염려가 없지. 이 도장은 우리 소비에트하고 생사존망을 같이 할 테니까!' 하시잖아요.'

셰쮀짜이는 수염을 쓰다듬으며 진지하게 말했다.

"지금 사방이 적이라 무슨 일이 생길지 모르는 판이니까 이렇게 해야 안전하지."

마오쩌둥은 웃음 띤 얼굴로 고개를 끄덕이며 감탄해 마지않았다.

"어르신, 요즘도 시를 쓰십니까?"

"가끔 쓰기는 하지만 별로야."

셰쮀짜이가 웃으며 대답했다.

"룬즈, 자네는 어떤가?"

"저야 대부분 말 위에서 읊지요. 말을 타고 시를 읊는 게 큰 위안입니다. 하지만 숙영지에 이르면 전보를 다루느라 바쁘다 보니 시를 옮겨 적을 겨를이 없습니다. 떠오를 때 곧바로 적어야 하는데 정말 아쉽지요. 시상이 지나가면 다시 떠오르지 않고 또 맛이 사라지거든요."

마오쩌둥이 한껏 흥이 나서 이야기를 하는데 저쪽에서 덩잉차오가 걸음을 멈추고 인사를 건넸다.

"마오 주석 동지, 잘 지냈어요?"

"암, 잘 지내고말고."

마오쩌둥이 성큼성큼 걸어갔다. 덩잉차오는 회색 평상복에 누런 비
옷을 걸치고 빗속에 서 있었다.

"덩 누이, 폐병이 좀 나았습니까?"

마오쩌둥이 몹시 수척한 덩잉차오의 모습이 마음이 쓰여 물었다.

"네. 이젠 괜찮아요."

덩잉차오가 웃으며 대답했다.

"마오 주석 동지, 그렇게 부르지 마세요. 그냥 덩 동지라고 부르시
면 돼요."

"힘들 텐데 말을 타지 않고?"

"타고 싶으면 타고 걷고 싶으면 걸어요. 발을 놀려야지요."

"그것도 좋지요."

마오쩌둥이 가볍게 고개를 끄덕이더니 리잉타오에게 물었다.

"둥비우 어르신은 왜 여태 안 보이는 겁니까?"

리잉타오는 뒤늦게 오늘 오전에 허쯔전이 아이를 낳았다는 이야기를 전했다.

"둥 어르신이랑 허우정네는 모두 들것을 따라갔는데 이제 곧 대오를 따라올 거예요."

"마침내 따라는 왔나 보군."

마오쩌둥은 다행이라는 듯 고개만 끄덕였다.

"그러지 말고 좀 기다려 봐요."

덩잉차오가 말했다.

"그러세요. 금방 올 겁니다."

리잉타오도 거들었다.

마오쩌둥은 허쯔전의 들것을 기다리며 남았다. 길가에 거무충충한 삼나무 숲이 있어 비를 피하기 좋았다. 호위병과 기병 통신원들은 말을 끌고 나무 아래로 갔다. 지난번 투청에서 보았던 그 '나무 왕'이었다. 이 크고 웅대한 나무 아래에 저우언라이와 나란히 앉아 지도를 본적이 있었다. 마오쩌둥은 그때처럼 땅 위로 불룩하게 솟은 나무 뿌리에 조용히 앉았다.

앞은 여전히 자오록한 안개비로 흐리터분했다. 대오는 쉬지 않고 전진했다. 들것 몇 개가 지나갔지만 허쯔전은 보이지 않았다. 한 시간쯤 지났을 때 선 호위병이 흥분해서 소리쳤다.

"옵니다, 와요! 저기 허쯔전 동지 들것이 보입니다."

마오쩌둥은 몸을 벌떡 일으켜 멀리 산굽이를 바라보았다. 과연 들것 하나가 휘청거리며 오고 있었다. 마오쩌둥이 웃으며 물었다.

"동지가 그걸 어떻게 알지?"

"저기 키 크고 안경 쓴 사람 좀 보십시오. 의사 리 선생님입니다."

들것이 점점 가까이 왔다. 리즈와 약 가방을 멘 간호사 리슈주가 뒤를 따랐다.

"마오 주석 동지, 축하드립니다!"

리즈가 마오쩌둥을 보고 달려와 경례를 하며 소리쳤다.

"따님이에요."

리슈주가 덧붙였다. 마오쩌둥은 고맙다는 인사와 함께 손을 맞잡았다. 들것 대원들에게도 인사를 건넸다. 허쯔전은 회색 군용 담요를 덮고 누워 있었다. 담요는 비에 축축이 젖었고 얼굴을 가리운 삿갓도 온통 빗물투성이였다. 들것 아래로도 물이 뚝뚝 떨어져 내렸다.

마오쩌둥은 다급히 들것을 잡고 삼나무 아래로 가 아내의 얼굴을

덮은 삿갓을 살며시 벗겼다. 허쯔전은 파리한 얼굴로 눈을 지그시 감고 누워 있었다. 머리를 감싼 큰 수건도 축축했다.

"여보, 여보!"

마오쩌둥이 귓가에 대고 나직이 불렀다. 허쯔전은 천천히 눈을 뜨더니 남편을 보고는 빙그레 웃었다. 하지만 곧 왈칵 눈물을 쏟았다.

"춥지?"

마오쩌둥이 축축이 젖은 담요를 매만지며 속삭였다.

"괜찮아요."

허쯔전이 나직한 목소리로 대답했다.

"호위병, 안장 주머니에 담요랑 마른 수건이 있지? 좀 가져다줘요."

선이 부리나케 달려왔다. 마오쩌둥은 젖은 수건을 풀고 마른 수건으로 허쯔전의 머리를 싸매 주었다. 그러고는 젖은 담요를 벗겨 버리고 자기 것을 안에 덮은 뒤 겉에다 젖은 담요를 마저 덮었다. 허쯔전은 모처럼 행복한지 볼이 발그레했다.

"제가 마음대로 아이를 다른 사람한테 맡겼어요."

허쯔전이 먹먹한 얼굴로 누워 눈을 내리깔았다.

"어쩔 수 없지."

"그런데 집주인이 집에 없었어요."

불안한 듯 허쯔전의 목소리가 떨렸다. 리즈가 곧바로 사정을 설명했다.

"문제없습니다. 집주인에게 은전 서른 닢과 아편 두 덩이를 남기고 왔으니 잘 길러 줄 겁니다."

"여보, 괴로워 말아요. 나중에 혁명이 승리하면 내가 꼭 데려올 테니까."

마오쩌둥도 아내를 위로했다.

마침 둥비우와 허우정, 통신원이 다가왔다. 마오쩌둥은 사람들과 악수를 나누며 말했다.

"정말 고맙습니다."

"오늘 내가 마음대로 일을 처리했습니다."

둥비우가 미안한 얼굴로 말했다.

"만약 잘못이 있다면 날 나무라세요."

"어쩔 수 없지 않습니까."

마오쩌둥이 손을 저어 호위병과 통신원들을 부르더니 함께 말에 올랐다.

"러우산관 전투가 벌써 시작됐습니다. 저는 먼저 가 봐야 하니 천천히 오십시오."

마오쩌둥은 손을 흔들고는 고삐를 잡아채며 자욱한 빗속으로 사라졌다. 요란한 말굽 소리도 금세 들리지 않았다.

한참 달리다가 그는 고삐를 늦추었다. 아내의 해쓱한 모습이 아직도 머리에서 맴돌았다. 허쯔전이 별말은 하지 않았어도 얼마나 마음이 아플지 잘 알고 있었다. 결혼을 하고 나서 아이를 몇이나 낳았지만 곁에 있는 아이는 하나도 없었다. 어머니로서 이보다 괴로운 일이 또 있을까!

"마오 주석 동지, 들어 보세요. 러우산관에서 나는 포성입니다."

호위병이 하는 말을 듣고서야 마오쩌둥은 정신을 차렸다. 과연 러우산관 쪽에서 희미하게 포성이 들려왔다. 마치 한여름 아주 멀리서 들려오는 천둥소리 같았다.

'얼마 전 쭌이 회의에서 동지들이 그릇된 군사 노선을 비판하면서 나한테 희망을 걸었다. 첫 싸움인 투청 전투를 잘 치르지 못했는데, 이번에도 실패하면 나를 지지해 주고 믿어 주는 동지들을 무슨 낯으로 본단 말인가? 아직도 버티고 있는 리더는 어떻게 한단 말인가?'

이보다 더 걱정스러운 것은 홍군이 맞딱뜨릴 상황이었다. 근거지를 어디에 세울까 하는 문제는 쭌이 회의에서 이미 결정지었다. 양쯔 강을 건너 쓰촨에 들어가 홍군 4방면군과 합류하여 새로운 국면을 열기

로 한 것이다.

하지만 어떻게 양쯔 강을 건널 것인가 하는 문제는 아주 어려운 숙제였다. 2군단이나 6군단과는 합류할 수 없게 되었고 이곳에 계속 머물 수도 없다. 적군 수십만이 둘레에 있고, 이백 개 연대가 포위망을 치고 있는 형편이었다. 아무리 생각해 봐도 이 엄청난 적군을 무찌르지 않고서는 양쯔 강을 건널 수 없었다. 마오쩌둥은 러우산관 전투에 희망을 걸었다. 눈앞에 내리는 희뿌연 보슬비처럼 서글픈 중에 어스무레 자신감이 솟았다.

"어서 갑시다!"

마오쩌둥은 부루말에 박차를 가했다.

한 시간쯤 뒤 마오쩌둥은 본부를 따라잡았다. 시계를 보니 오후 네
시였다. 그사이 비가 그쳤다. 저우언라이와 주더는 모처럼 아주 홀가
분한 얼굴로 마오쩌둥을 반겨 맞았다.

"좋은 소식입니다. 반가운 소식이 있어요."

"좋은 소식이라니?"

"러우산관을 손에 넣었습니다."

"정말 빠른데!"

　마오쩌둥이 환하게 웃었다. 저우언라이가 뒤따르는 젊은 간부를 가
리켰다.

　"펑더화이 동지는 우리가 행군하다가 전보를 못 받을까 봐 특별히
참모를 보내왔어요."

　마오쩌둥이 그와 악수를 하면서 물었다.

　"펑더화이 동지는 지금 어디에 있습니까?"

　젊은 참모는 펑 군단장이 오전에는 퉁즈에 있는 왕자레이의 집에
지휘부를 세웠는데 오후에는 러우산관 아래 한 숲 속으로 옮겼다고 대
답했다.

"우리가 가는 걸음에 펑 동지한테로 가서 의논하는 게 어떻겠습니까?"

저우언라이와 주더도 고개를 끄덕였다. 세 사람은 젊은 참모와 함께 3군단으로 나는 듯이 말을 달렸다. 뒤로 기병 통신원과 참모 들이 따랐다.

날이 저물 무렵, 일행은 큰길 남쪽에 있는 소나무 숲에 이르렀다. 막 숲 속으로 들어가려는데 숲에서 말을 탄 사람 네댓이 나왔다. 맨 앞에 선 건장한 사람이 펑더화이 같았다. 펑더화이도 그들을 알아보고는 말에서 내려 서둘러 걸어왔다. 마오쩌둥 일행도 말에서 내려

마주 갔다.

"펑 동지, 승리를 축하합니다!"

마오쩌둥이 펑더화이의 손을 잡으며 기뻐했다.

"돼지 같은 놈들, 드세게 반격하고 있어요."

펑더화이가 늘 엄격하기만 하던 얼굴이 조금 풀린 채 맞받았다.

"뭐, 이제는 든든히 자리를 잡았습니다."

저우언라이와 주더도 펑더화이의 손을 잡고 축하 인사를 건넸다.

"그래, 어떻게 돼 가는 겁니까?"

마오쩌둥이 물었다.

펑더화이는 러우산관 아래에 아직도 적군 네 개 연대와 한 개 사단이 있고 러우산관은 점령했지만 적을 완전히 무찌르지 못해 내일 적들이 다시 반격해 올 것이라고 했다. 그래서 한 개 연대로 정면을 막고 두 개 연대는 좌우로 돌아가서 공격할 수 있게 준비하고 있었다. 펑더화이가 말을 이었다.

"내가 직접 한 개 연대를 거느리고 가겠습니다. 반차오板橋 판교로 질러가기만 한다면 이 돼지 같은 놈들 숨통을 죌 수 있을 거예요."

마오쩌둥은 통쾌하게 웃었다.

"훌륭해요. 물리치기만 해서는 안 되고 모조리 없애 버려야 합니다."

그러고는 또 물었다.

"반차오가 러우산관에서 얼마나 멀지?"

"삼십 리쯤 됩니다."

"삼십 리라? 돌아가려면 백 리는 걸어야 할 것 같으니 당신은 가지 않는 게 좋을 것 같군."

"그래요. 당신이 가지 않아도 연대는 질러갈 수 있을 거야."

저우언라이와 주더도 말했다. 펑더화이는 가겠다고도, 가지 않겠다고도 하지 않았다. 그저 수더분한 얼굴에 슬쩍 웃음만 띠우고는 말머리를 돌렸다.

"이번 러우산관 전투에서 13연대가 아주 잘 싸웠습니다."

펑더화이가 흥분 섞인 목소리로 말했다.

그는 러우산관이 훤히 내려다보이는 덴진 산點金山 점금산을 13연대가 재빨리 차지한 뒤, 곧장 중요한 길도 점령했다고 했다. 그러고는 또 욕을 퍼부었다.

"돼지 같은 놈들, 그런데 반격이 드세단 말입니다!"

마오쩌둥은 펑더화이가 부대를 거느리고 반차오로 우회하기로 결심을 굳힌 듯하자 더 말리지 않았다.

"그럼, 오늘 밤 1군단을 보내 3군단을 돕도록 하겠습니다."

"그게 좋겠군."

주더가 또 고개를 끄덕였다.

"만약 순조로우면 재빨리 쭌이를 점령해서 놈들한테 숨 돌릴 틈을 주지 말아야 합니다."

저우언라이가 말했다. 펑더화이는 고개를 끄덕여 보이고는 말에 올랐다.

"당신들은 오늘 밤 퉁즈에 머무는 게 좋을 것 같습니다. 거기에 있는 집들은 죄 호화롭더군요. 돼지 같은 놈들!"

그러더니 곧 일행을 데리고 어둠 속으로 사라졌다.

마오쩌둥, 저우언라이, 주더는 그날 밤 퉁즈에 이르렀다. 이튿날 아침 적들은 안개가 자욱한 틈을 타서 반격을 시작했다. 전투는 치열했다. 그들은 러우산관을 되찾겠다는 생각만 하느라 홍군이 에돌아 오는 줄은 모르고 있었다.

길을 돌아간 부대는 점심때쯤 반차오로 들어섰다. 러우산관을 지키고 있던 부대는 때를 맞춰 정면으로 치고 들어가 앞뒤로 적을 공격했다.

홍군은 구이저우 군대 한 개 여단과 네 개 연대를 대부분 무찔렀다. 부상당한 적 여단장 두자오화杜肇華 두조화는 얼마 남지 않은 병사들을 거느리고 옆으로 빠져 도망쳤다.

마오쩌둥, 저우언라이, 주더는 그길로 곧장 쭌이로 밀고 나가라고 명령했다. 그러고는 경험이 많은 전사 몇을 데리고 러우산관으로 달

려갔다.

　세 사람은 얼굴에서 웃음이 떠날 줄을 몰랐다. 산길을 걷는 발걸음
이 바쁘기는 했지만 총총한 가운데도 여유가 흘렀다. 뒤쫓아오는 적
이 있을 때와는 확연히 달랐다.

　다러우 산大婁山 대루산 은 구이저우 북부를 가로지르는 산줄기인데
지형이 높고 험난했다. 러우산관은 바로 이 산줄기 가운데에 있었다.
말하자면 '하늘을 찌르는 수만 개 봉우리 사이로 난 길'이었다. 하지
만 산 아래에서는 그 길이 어디 있는지 절대 알 수 없었다. 길이 구불
구불 끝도 없이 이어져 있어서 사람들이 말하듯 "열여덟 굽이를 돌아
야" 비로소 러우산관이 보였다.

　산을 오르다 보니 홍군 전사들이 수많은 포로를 사로잡아 산을 내

려왔다. 대나무 배낭을 메고 풀이 죽어 걸어가는 구이저우 병사들을 보니 모자가 없는 사람, 신을 잃어버린 사람, 아편 인이 올라 콧물, 눈물 질질 흘리는 사람, 별의별 사람이 다 있었다.

한참 가는데 저 앞에 홍군 전사 몇이 둘러서 있는 것이 보였다. 나이 든 포로 하나가 눈물을 매달고 하품을 쩍쩍 하면서 애걸했다.

"홍군 선생님, 한 모금만 빨게 해 주십시오. 인이 올라 꼼짝할 수가 없습니다."

"어서 걸어요. 도착하면 피우게 해 줄 테니."

젊은 홍군 전사가 말했다.

"안 되겠습니다. 한 걸음도 뗄 수 없다니까요."

포로는 맥이 빠져 당장 쓰러질 것 같았다. 마오쩌둥이 그 모습을 보고 웃으면서 말했다.

"동지, 한 모금 빨게 내버려 두지. 기운이 나야 걸을 게 아니겠습니까."

그 홍군 전사는 마오쩌둥이 높은 사람이라는 것을 알아채고는 포로한테 까딱 고갯짓을 했다. 그러자 그는 연거푸 머리를 조아리며 소리쳤다.

"고맙습니다, 장군님. 고맙습니다, 장군님."

포로는 얼른 가방에서 아편 도구들을 꺼내더니 돌을 베고 맨땅에 드러누웠다. 몸을 옹송그린 채 불을 켜 들고는 노련하게 담뱃대를 물었다. 그는 아편이 타자 담배 꼭지에 꽂고는 꾸르륵꾸르륵 빨기 시작했다. 홍군 전사는 이런 산길에 드러누워 아편을 피우는 모습을 보고는 어이가 없어 웃음을 참지 못했다.

"참 재미있다니까! 구이저우 병사들은 총을 빼앗는 건 괜찮은데 아편 담뱃대를 뺏으면 욱해서 달려든다구요. 아편 인만 풀면 기운이 나는지 아침에 백군 놈들이 얼마나 사납게 달려들었는지 모를 겁니다."

"그거야 어쩔 수 없으니 그랬지!"

다리를 토시고 앉아서 담뱃대를 붙잡고 아편을 피우던 포로가 불쑥 한마디 했다. 그는 벌써 하나를 다 피우고 편안한 모습으로 코로 연기를 내뿜었다. 포로는 정신이 노긋한지 사람들을 보면서 멍청하게 웃었다.

"이젠 가야지요?"

홍군 전사가 부드럽게 재촉했다. 포로는 히죽 웃으며 뻔뻔스럽게 떼를 썼다.

"반 모금만 더 피웁시다, 응?"

그는 또 한 대를 태워 피우고 나서야 도구를 거두고는 벌떡 일어났다.

"이제 어디든 갈 수 있으니 어서 갑시다!"

포로는 배낭을 훌렁 메고는 소리쳤다.

주더가 그 모습을 지켜보다가 고개를 저었다.

"내가 철이 들면서부터 정부에서 아편을 막겠다고 수많은 법령을 발포하는 걸 봤지만 아편쟁이들은 점점 더 늘고 있어요. 이젠 중국 땅 어디에도 아편을 안 피우는 곳이 없으니까."

"어떻게 금지할 수 있겠습니까."

저우언라이가 안타깝게 대꾸했다.

"군벌이나 관료들한테는 가장 중요한 돈벌이인데. 왕자레이는 군용품과 무기를 아편으로 바꾸어 오고 있지요. 지금 쉐웨가 구이저우를 점령하고 사기가 높아진 것도 구이저우가 아편 수입이 톡톡한 데라서 그렇다는군."

"그래요. 이 망나니 정부를 몰아내지 않고서는 어떤 나쁜 물건도 막을 수 없을 겁니다."

마오쩌둥이 무겁게 한숨을 내쉬었다.

곧 구불구불한 길도 끝이 보였다. 다젠 산大尖山 대첨산과 샤오젠 산小尖山 소첨산 두 산봉우리가 날카로운 칼처럼 하늘을 찌르며 좁은 산 어귀를 지키고 서 있었다. 산 어귀 왼쪽으로는 높이가 비슷한 봉우리 하나가 흰 구름을 이고 산 어귀를 굽어보았다. 톈진 산이 틀림없었다.

톈진 산 아래에 이르러 보니 여기저기 붉은 핏자국이 보였고 새로운 무덤이 적지 않았다. 새로 파 올린 흙을 보아 금방 만든 것이 틀림없었다. 이런 정경이야 여러 번 보아 왔지만 볼 때마다 마음이 쓰라렸다. 세 사람은 무덤 앞에 서서 장시와 푸젠, 후난에서 온 농민의 아들

딸들의 죽음을 묵묵히 슬퍼했다.

산 어귀에는 초가집 세 채와 '러우산관'이라고 쓴 돌비석이 덩그렇게 서 있었다. 그 앞 산비탈은 온통 구이저우 군대 병사들의 시체로 빼곡했다. 군용 물자들도 여기저기 널려 나뒹굴었다. 비탈에는 군관의 가마가 찌그러진 채 버려져 있었다. 회색 문발만 바람에 이리저리 펄럭였다.

곁으로 들것 하나가 지나갔다. 부상병은 회색 담요를 덮고 누워 있었다. 그런데 저만치 지나간 들것이 갑자기 뚝 서더니 나지막한 소리가 들려왔다.

"마오 주석 동지, 저우 부주석 동지, 주 총사령관 동지!"

다가가 보니 3군단의 젊은 정치위원 주빙이었다. 그는 사단 정치위원으로 있다가 부대 틀을 다시 짠 뒤부터 연대 정치위원으로 일하고 있었다. 피를 너무 많이 흘렸는지 얼굴이 흰 종이짝 같았다.

"주빙이로군."

마오쩌둥이 그의 손을 잡으며 말했다.

"상처는 좀 어때요?"

"괜찮습니다."

주빙이 대수롭지 않게 말했다.

"다리에 총을 맞았습니다."

"너무 앞장섰던 모양이군. 그렇지?"

주빙의 성품을 잘 아는 저우언라이가 다정하게 물었다.

"버릇이란 말이야."

주더의 타박에도 주빙은 대답 없이 웃기만 했다. 뒤따르던 호위병이 속상한 듯 입을 열었다.

"오늘 아침 오른 다리가 총에 맞아 끊어지는 바람에 제가 들것을 불러왔는데 한사코 앉지 않고 헤이선먀오黑神廟 흑신묘에 엎드려 그냥 전투를 지휘하지 않겠습니까. 피를 얼마나 흘렸는지 모릅니다. 적을 다 물리친 다음에야 들것에 올랐지요. …… 아무래도 다리를 버린 것 같습니다."

"적들의 반격이 그처럼 드센데 내가 어떻게 물러선단 말입니까!"

주빙이 눈을 흘겼다.

왕자레이는 이번 싸움에 가진 것을 다 밀어 넣었다. 은전이나 아편 쉰 냥으로 돌격에 참가한 병사들을 독려했고, 기관총으로 병사들 뒤

를 겨눈 채 전투를 지휘했다. 백군 대대장 한 사람은 한 손에는 권총
을, 다른 한 손에는 채찍을 들고 병사들을 내몰았다. 다행히 홍군 특
등 사수가 적의 지휘관만 골라 쏘아 눕힌 덕분에 손쉽게 적을 무찌를
수 있었다.

호위병은 흥분해서 산 아래 웅덩이를 가리켰다.

"저기 보십시오. 채찍을 휘두르던 자식이 지금 저기 누워 있지 않습
니까."

그 손가락을 따라 내려다보니 웅덩이에 정말 웬 뚱뚱한 놈 하나가
사지를 쫙 벌리고 너부러져 있었다.

들것이 다시 떠날 채비를 했다. 하지만 주빙은 뭔가 할 말이 있는

듯 자꾸만 저우언라이 쪽을 힐끔거렸다. 저우언라이가 눈치를 채고 다가갔다.

"저우 부주석 동지, 지난번 샹 강에서 동지가 도와주지 않았다면 저는 정말 리더한테 갇혔을 겁니다. 이번 싸움은 어떻게든 잘해 보려고 했는데 이렇게 다치는 바람에 동지들한테 짐만 지우게 되었습니다."

"그런 생각 말아요. 어찌 됐든 우린 동지를 꼭 데리고 갈 겁니다."

마오쩌둥과 저우언라이, 주더는 들것이 산 어귀를 지날 때까지 눈으로 바랬다. 멀리 바라보니 푸른 산들은 겹겹이 물결치고 있었고 가

물가물 지는 태양은 마치 전사들이 흘린 붉은 피처럼 뭇 산을 빨갛게 물들이고 있었다. 주더는 마오쩌둥이 생각에 잠긴 채 꼼짝 않고 앉아 있자 웃으며 혼잣말처럼 중얼거렸다.

"룬즈, 시를 짓고 있는가 보군."

마오쩌둥이 고개를 돌리고 웃었다.

"그래요. 몇 구절 지어 보았습니다."

"그럼 어디 한번 읊어 보지."

저우언라이가 부추겼다. 때마침 기러기가 떼를 지어 끼룩끼룩 울면

서 러우산관 하늘을 날았다. 마오쩌둥은 마음을 가다듬고 짙은 후난 사투리로 시를 읊었다.

서풍이 맵잔테 西風烈

먼 하늘에 기러기 울어 예고 새벽 달 차가운테 長空雁叫霜晨月

새벽달은 차가운테 霜晨月

말굽 소리 자지러지고 馬蹄聲碎

나팔 소리 목메어라. 喇叭聲咽

험난한 러우산관 철벽 같다 말라. 雄關漫道眞如鐵

오늘 성큼성큼 다시 넘노라. 而今邁步從頭越

다시 넘노너 從頭越

푸른 산 바다 같고 蒼山如海

지는 해 피 같구나. 殘陽如血

주더가 뜻을 곱씹으며 고개를 끄덕였다.

"'푸른 산 바다 같고 지는 해 피 같구나.'라는 두 구절이 아주 처량하고 비장하군."

"그래요. 기백이 살아 넘치는 시입니다."

저우언라이도 맞장구를 쳤다. 말이 끝나기도 전에 쭌이 쪽에서 천둥소리 같은 포성이 아스라이 들려왔다.

"어서 산을 내려갑시다!"

마오쩌둥이 일행을 다그치며 일어섰다.

7장 난징 성을 뒤흔든 쭌이 대첩

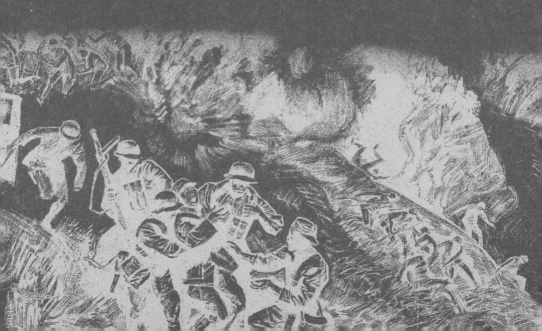

쭌이 성에서 북쪽으로 십 리쯤 떨어진 곳에 있는 둥궁사董公祠 둥공사와 페이라이스飛來石 비래석 일대에 포성이 쿵쿵 울렸다. 구이저우 군대 패잔병들이 꾸역꾸역 밀려오는 통에 쭌이 성은 완전히 아수라장이 따로 없었다.

왕자레이는 잠시도 가만있지 못하고 초조하게 방 안을 서성거렸다.

"군단장님, 지킬지 퇴각할지 어서 결단을 내려야 합니다."

심복인 바이 사단장이 곁에서 자꾸만 재촉했다.

"이 죽일 놈들!"

왕자레이가 화를 내며 욕을 퍼부었다.

"온다고 해 놓고선 안 오다니!"

그가 말하는 '죽일 놈들'이란 '까치 둥지를 빼앗은 비둘기' 쉐웨라는 걸 바이 사단장은 잘 알고 있었다. 바이 사단장도 한창 구이양에서 세도를 부리며 방탕한 생활을 하고 있을 쉐웨를 생각하면 분을 참을 수 없어 금붕어 눈을 희번덕거렸다.

"자식들이 우릴 점령국이 식민지 다루듯 한단 말입니다."

왕자레이는 바이 사단장의 비유가 너무 무른 것 같아 못마땅했다.

"점령국은 가끔 웃어 줄 때라도 있지. 이 자식들은 마치 하늘의 선택이라도 받은 놈들처럼 언제 보나 도깨비 상판이란 말이야. 구이양에 온 지 이틀도 안 돼 경비 사령관을 갈아 버려 가지고 이 왕자레이가 성문을 들어가려 해도 검문을 받아야 한다고!"

"제길, 어디 제명에 죽는지 볼 테다!"

바이 사단장도 악담을 퍼부었다.

"군단장님, 도대체 어쩔 겁니까?"

"이까짓 병사를 가지고 지킬 수 있을 것 같은가?"

왕자레이는 화가 치밀어 마구 지껄였다. 하지만 곧 다시 말을 거두고는 순순히 되물었다.

"물러서자니 곁에 개 두 마리가 지키고 있으니 어찌 해야겠나?"

그랬다. 지킬 수도 없고 물러날 수도 없으니 난감한 일이었다.

쉐웨가 구이양에 온 뒤 구이저우의 군대와 정부, 재정 권한을 몽땅 앗아 갔다. 자기 병력을 늘리고 실력을 기르는 한편 왕자레이의 재정을 끊어 버린 것이다. 이제는 군비마저 주지 않았다. 일이 이 지경이 되자 왕자레이는 부랴부랴 심복을 모아 구이양에서 머리를 맞댔다.

왕자레이는 절박했다.

"지금 구이양의 중앙군이 다 해 먹고 있는 통에 우리는 설 자리가 없어졌다구. 공산군의 손에서 쭌이와 퉁즈를 되찾아 오는 것밖에 방법이 없어. 만약 자네들이 쭌이를 공격하려 한다면 내가 뒷일을 책임지겠네."

홍군이 처음으로 쭌이를 점령했을 때 일이었다.

얼마 뒤 홍군이 서쪽으로 진격하자 왕자레이도 쭌이를 되찾았다. 그런데 홍군이 다시 머리를 돌려 동쪽으로 진격해 오다니 생각지도 못한 일이었다.

'홍군이 이번에 또 쭌이로 쳐들어온 건 어쩔 수 없는 일이지만 일곱 개 연대로 홍군을 막는다는 건 달걀로 바위를 치는 격이지. 그렇다고 겨우 남은 지역마저 포기한다면 아무것도 안 남게 될 텐데 말이야.'

왕자레이는 아주 비장한 마음으로 목숨을 걸고 저항했다. 러우산관에서 돈으로 병사들을 구슬리는 한편, 채찍과 총탄으로 병사들을 위협하면서 거듭 반격을 한 것도 이 때문이었다. 그런데 이 방법도 별 효과가 없었다. 러우산관을 이틀도 지켜 내지 못한 데다가 이제는 홍군이 쭌이 성 코밑에 이른 것이다. 물러서자니 장제스가 보낸 군관 두 사람이 눈을 부릅뜨고 감시하고 있었다. 그렇다고 지키자니 병력이 얼마 없었다.

그는 쉐웨가 보내기로 한 증원 부대에 모든 희망을 걸었다. 쉐웨는 전화로 우치웨이에게 세 개 사단을 맡겨 보내겠다고 했다. 그런데 증원 부대는 감감무소식이었다.

하지만 하늘이 무너져도 솟아날 구멍이 있었다. 갑자기 쉐웨가 전

화를 걸어, 우치웨이가 두 개 사단을 거느리고 쭌이 남쪽에 있는 중좡

푸忠莊鋪 충좡푸에 이르렀다고 알려 주었다. 왕자레이는 대뜸 얼굴이 환

해져서 전화기를 들고는 연거푸 고개를 숙였다.

"군단장님, 다행입니다."

바이 사단장도 힘이 났다.

갑자기 성 북쪽에서 총소리가 자지러지더니 마치 성 밑까지 쳐들어

온 듯 점점 가깝게 들렸다.

왕자레이는 금세 마음이 다시 무거워졌다.

"동생, 자네는 군대를 돌려서 이 성을 지키게. 나는 당장 우치웨이

를 찾아가 어서 군대를 이끌고 오라고 하겠네."

　그는 부랴부랴 밖으로 나가 승용차를 타고 호위병들과 동쪽으로 떠났다. 거리는 패잔병과 피난민들로 넘쳐 났다. 승용차는 가다가 자주 막히곤 했다. 그래도 한 시간도 안 돼 중좡푸에 이르렀다.

　그는 널찍한 지주 집 뜰에서 우치웨이를 만났다. 우치웨이는 온갖 시련을 다 겪은 노련한 군인이었다. 마흔대여섯 살 밖에 안 됐지만 광대뼈가 높이 솟은 얼굴에는 주름이 가득했다. 잇따른 전쟁과 만만치 않은 벼슬살이로 몹시 늙고 지쳐 보였다. 중앙군 군관들을 더러 만나 보았지만 우치웨이는 그래도 쉐웨처럼 오만하지 않고 점잖은 편이었다. 왕자레이에게는 이것만으로도 큰 위안이 되었다.

　"우 사령관님, 정말 잘 오셨습니다."

왕자레이는 자리에 앉기 전부터 비위를 맞추느라 바빴다.

"요 며칠 가뭄에 비를 기다리듯 사령관님을 기다렸습니다. 오셨으니 이제 됐습니다. 형님께서 공을 세울 기회가 왔지요."

"공을 세워?"

우치웨이는 쓰게 웃으며 말을 이었다.

"잘못을 저지르지만 않아도 큰 득인 줄 아네."

왕자레이는 러우산관을 잃게 된 까닭을 주섬주섬 대기 시작했다. 홍군이 이러저러하게 갑자기 들이닥쳤다느니, 부대에 사상자가 셀 수 없이 많다느니, 지금 상황이 무척 엄중하다느니 하면서 우치웨이가

어서 부대를 이끌고 홍군을 막아야 한다고 강조했다.

"노형, 내가 경험이 좀 있어서 하는 말이네만 홍군과 싸우려면 서둘러서는 안 되네."

우치웨이는 한 수 가르치듯 말했다.

"지금 저우훈위안 종대가 아직 오지 않았네. 그리고 내가 거느린 세 개 사단 가운데 한 개 사단이 아직 이르지 않았지. 부대를 다 집결시키지도 못했는데 어찌 바로 싸우러 나선단 말인가?"

왕자레이는 속이 달았지만 애써 웃었다.

"제가 올 때 보니 공산군이 벌써 성 밑에 이르렀습니다. 지금 성안에 들어왔을지도 모르는데 노형께서 아무래도……."

왕자레이는 우치웨이가 얼른 부대를 이끌고 나가 싸우기를 바랐다. 하지만 왕자레이가 상황이 다급하다는 것을 내세울수록 우치웨이는 걱정이 커 갔다. 우치웨이는 아무 내색 없이 참모를 불렀다.

"리李이 참모. 나가서 공산군이 도대체 어디까지 왔나 좀 보고 오지."

"네. 알겠습니다."

우치웨이는 참모의 뒤꼭지에 대고 광둥 사투리로 "사람은 눈치가 빨라야 하네." 하고 나직하게 속삭였다. 그 말 한마디면 참모가 상관의 뜻을 헤아리고도 남을 터였다.

우치웨이는 확실히 경험이 풍부해지면서 갈수록 신중해졌다. 가난한 농사꾼의 아들로 태어나 한때는 가게에서 잡부로 일하기도 했다. 남의 도움으로 중학교를 마치고 바오딩保定 보정 군관 학교에 들어갔다. 북벌 전쟁 때는 장파쿠이張發奎 장발규가 거느린 4군단의 한 연대에

서 중좌 참모로 있으면서 팅쓰차오汀泗橋 정사교 전쟁에도 나갔다. 얼마 뒤 연대장으로 승진했는데, 한창 젊을 때라 물불을 안 가리고 덤비다가 허난에서 펑 계奉系 봉계 군벌과 싸울 때 다리를 다치기도 했다.

난창 봉기 때는 주장九江 구강의 사허 진沙河鎭 사하진 방어를 맡았는데 자신을 키워 준 장파쿠이의 은혜를 갚기 위해 사허 진을 안전하게 지켜 내고 반공 진영에 가담했다. 얼마 뒤 사단장으로 올라갔지만 군벌들끼리 엎치락뒤치락하는 통에 앞길이 순탄치 않았다. 장파쿠이가 광시의 리중런, 바이충시와 손잡고 광둥을 빼앗으려다가 천지상에게 크게 패한 것이다. 그러자 그가 세 개 사단을 한 개로 줄이는 바람에 우치웨이는 다시 연대장으로 내려갔다. 나중에 장파쿠이와 우치웨이는 다시 리중런, 바이충시와 함께 후난으로 진격했지만 또 참패해 겨우 두 개 연대만 남았다.

장제스가 세력을 날로 키워 가자 우치웨이는 무척 마음이 쓰였다. 사실 그는 1928년, 4군단이 실패하자 장제스한테 붙었다. 하지만 일이 뜻대로 되지 않았다. 장제스는 4군단을 사단으로 개편하고 사단장이었던 그를 여단장으로 내려보냈다. 그러고는 우치웨이가 속한 사단더러 이창宜昌 의창에서 배를 타고 동쪽으로 내려가라고 명령한 뒤 우한을 지날 때 심복을 시켜 무장을 해제하려 했다. 그런데 소식이 새나

가면서 뜻을 이루지 못했다. 그는 장제스를 떠나 다시 장파쿠이에게
돌아왔다.

하지만 장제스는 포기하지 않았다. 1931년, 그는 우치웨이가 부대
를 거느리고 류저우柳州 류주에 주둔하고 있을 때 또 한 번 수를 썼다.
둥베이東北 동북에 가서 마잔산馬占山 마점산의 항일을 도우라며 우치웨
이가 광시를 떠나 후난으로 가도록 만든 다음 허젠에게 몰래 우치웨이
를 없애 버리라는 명령을 내린 것이다. 하지만 우치웨이는 이간을 붙
이고 사람을 끌어들이는 데는 무척 뛰어났다. 그는 말주변이 좋은 부

하를 허젠에게 보내 장제스의 말을 따른다면 두 쪽 다 손해라는 것을 일깨워 주었다. 한데 이 수가 제대로 먹혀들었다. 허젠은 우치웨이를 해치지 않고, 되레 은전 만 냥을 노자로 쓰라며 쥐여 보냈다. 이것은 우치웨이의 분투 역사에서 빼어난 성과였다. 하지만 성과는 성과일 뿐, 힘없는 상관을 업고서는 무엇도 이룰 수 없었다.

그는 다시 장제스에게 투항하기로 했다. 이번에는 다행히 장제스의 마음을 샀다. 그 자리에서 군비 오만 원을 얻었고, 4사단을 4군단으로 되돌려 군단장으로 올라갔다. 하지만 그 대가로 공산군을 토벌하는 전쟁에 나서야 했다.

우치웨이는 장시 소비에트 구역에 들어가서야 공산당과 싸우는 것이 그 어떤 적과 맞서는 것보다 힘들다는 것을 깨달았다. 이 적수는 유달리 완강할 뿐만 아니라 종잡을 수 없었다. 치는 것은 그만두고라도 어디에 있는지 알아내기도 어려웠다. 하지만 마음을 푹 놓고 있으면 또 갑자기 사방에서 들이닥쳐 옴짝달싹을 못하게 했다.

그는 3차와 4차 포위 토벌에서 사단이면 사단, 군단이면 군단이 공산군에게 통째로 섬멸되는 것을 직접 보았다. 지금 거느리고 온 59사단도 한 번 섬멸돼 다시 꾸리느라 품을 얼마나 많이 들였는지 모른다. 홍군과 싸운다는 것은 그야말로 언제, 어디서 빠질지 모르는 함정을 앞둔 채 걷는 것이나 같았다. 이번에도 서둘러 쭌이로 증원을 온 참이어서 반드시 신중해야 했다.

리 참모는 왕자레이의 승용차를 타고 앞에 나가 시내를 한 바퀴 빙 돌고는 산에 올라가 시가지를 내려다본 뒤 돌아왔다.

"보고드립니다. 쭌이 새 도시는 어디나 붉은 기가 꽂혀 있고 옛

성은 총소리가 뜸한 것을 보아 공산군이 이미 쭌이를 점령한 것 같습니다."

우치웨이는 고개를 끄덕이더니 왕자레이를 보며 웃었다.

"지금 정황을 보면 여기서 작전을 펼쳐야 할 것 같은데."

왕자레이는 모든 것이 물거품이 되는 것 같아 애가 탔다.

"옛 성 쪽에 고지가 두 개 있습니다. 홍화강과 라오야 산老鴨山 노압

산이라고 하는데, 당장 이곳을 점령하지 않는다면 앞으로 싸우기가 더 어려울 겁니다."

"이건 내가 잘 안다니까. 홍군하고 싸울 때는 서두르는 건 금물이야!"

부드럽지만 뼈 있는 말투였다.

"저도 홍군과 싸워 보았습니다. 지난해 샤오커가 여길 지나간 적이 있지요."

"지금은 상황이 달라. 이번에는 홍군 주력 부대란 말일세!"

우치웨이가 답답해하며 소리치더니 고개를 돌려 나직이 덧붙였다.

"자네, 홍군이 쭌이에서 회의를 열었다는데 아나? 마오쩌둥이 권력을 잡은 일은 알고 있겠지?"

"그거야 물론 알지요."

"만만하게 볼 일이 아니야. 쉐웨 총지휘관은 이 소식을 듣고 밤새 잠을 설쳤네."

두 사람은 서로 주장을 굽히지 않았다. 눈치 빠른 리 참모가 일이 있다며 우치웨이를 불러내서 속삭였다.

"왕자레이의 말에도 일리가 있습니다. 사단장들이 그러는데 이 일대는 지형이 안 좋아서 홍화강과 라오야 산을 점령하지 않고 있다가는 정작 홍군이 오면 위험할 거랍니다."

우치웨이는 한참 망설이다가 고개를 끄덕였다. 이어 그는 들어와서 말했다.

"이렇게 함세. 노형이 어려운 걸음을 이렇게 했는데, 내가 한 개 사단을 거느리고 홍화강과 라오야 산을 공격하고 나머지 부대는 이 자리에 대기시켜 놓겠네. 어떤가?"

왕자레이는 금세 얼굴이 활짝 개였다.

"역시 노형께서는 결단력이 있습니다."

왕자레이는 인사를 하고는 방을 돌아 나왔다. 하지만 푹신한 승용
차 의자에 몸을 기대는 순간 중요한 문제를 빠뜨렸다는 것을 깨달았

다. 쉐웨가 재정을 끊어 버려서 군비가 바닥난 것이다. 이번 걸음에 우치웨이한테서 돈을 빌리는 것이 두 번째 목표였다. 그런데 첫 번째 목표부터 틀어질 뻔하다 보니 거기 정신을 팔다가 그만 잊어버린 것이다. 그는 다시 우치웨이의 사령부로 차를 돌렸다.

'에라, 지금이 체면을 생각할 때는 아니지!'

그는 문어귀에서 또 한 번 마음을 다잡았다. 하지만 발걸음이 쉽게 떨어지지 않았다. 왕자레이는 내키지 않는 걸음으로 우치웨이의 방으로 들어갔다.

"또 무슨 일인가?"

우치웨이는 놀란 눈으로 잔뜩 굳은 왕자레이의 얼굴을 바라보았다.

"저, 노형의 도움을 받았으면 하는 일이 있어서요."

그는 얼굴을 살짝 붉히며 말했다.

"지금 저희 부대는 양식을 마련할 돈도 없습니다. 그, 그러니……."

우치웨이는 의심스러운 눈길로 그를 바라보았다.

"정말입니다. 막다른 상황이 아니라면 제가 어찌 이런 부탁을 드리겠습니까? 군비를 받는 대로 꼭 갚겠습니다."

그 궁색한 모양을 보니 우치웨이는 옛일이 떠올랐다. 그는 호쾌하게 손을 저으며 말했다.

"좋네. 오천 원을 빌려 줄 테니 그걸로 급한 불부터 끄게."

우치웨이는 곧장 자금 담당을 불러 오천 원을 내놓았다. 왕자레이는 싱글벙글해서 돈을 받아 들고는 서둘러 차용 증서를 써 주었다. 하지만 문을 나서면서는 어쩐지 속이 알짝지근했다. 오랫동안 지켜 온 둥지를 쉐웨가 차지하지만 않았다면 이처럼 빌어먹는 신세가 되지는

않았을 터였다.

이튿날 아침 우치웨이 부대는 훙화강과 라오야 산을 공격했다. 꼬박 여섯 시간을 치열하게 싸웠는데 겨우 산허리까지 쳐들어갔을 뿐 더 공격할 수가 없었다. 우치웨이는 비행기 두 대를 불러 공격했지만 훙화강과 라오야 산을 지키는 홍군은 꿈쩍도 안 했다. 우치웨이는 당황했다.

오후 두 시, 우치웨이가 골머리를 앓고 있는데 갑자기 리 참모가 허

겁지겁 달려왔다.

"사령관님, 야단났습니다. 다른 홍군 부대가 우리 오른쪽 뒤에 이르렀습니다."

"뭐라고? 지금 뭐라고 했나?"

"홍군이 간옌탕甘堰塘 감언당과 난궁산南公山 남공산을 돌아왔습니다."

아랫사람 앞이라 애써 낯빛을 가다듬었지만 우치웨이는 속이 울렁거려 견딜 수 없었다.

'제길! 그렇게 조심했는데도 함정에 빠지다니!'

마을 앞쪽에서는 기관총 소리가 들려왔다.

"이건 또 무슨 일인가?"

우치웨이가 놀라서 물었다. 리 참모가 어찌 된 일인지 알아보려는데 다른 참모가 달려 들어왔다.

"적들이 마을 북쪽까지 쳐들어왔습니다."

우치웨이는 대뜸 얼굴이 하얗게 질려 사납게 소리쳤다.

"어서, 어서 막으라고 해!"

참모가 부랴부랴 뛰어나갔다.

우치웨이는 망원경을 들고 뜰로 나갔다. 리 참모와 호위병들이 우르르 뒤따라 나갔다. 그는 마을 남쪽에 있는 나직한 고지에 서서 망원경으로 전세를 살피기 시작했다.

포성은 갈수록 치열해졌다. 중장푸 북쪽의 유리한 지형은 이미 홍군이 점령하고 있었다. 하지만 정작 우치웨이가 겁낸 것은 오른쪽으로 돌아 온 적이었다.

앞에서 오는 적은 싸우다 도망칠 수 있지만 뒤에서 오는 적이 에워

싼다면 도망칠 길이 끊어지기 때문이다. 사령관의 낯빛이 흐려지자
리 참모는 망원경을 쥔 손마저 떨렸다.

'빨리 결단을 내려야 해, 빨리!'

이런 상황에서는 서둘러 후퇴해야 했다. 일 분이라도 빨리 물러나
면 그만큼 안전하고 일 분이라도 늦어지면 그만큼 위험했다. 하지만
군인으로서 존엄을 지키고, 나중에 상급에 명분을 대기 위해서라도
당장 후퇴한다는 말을 할 수는 없었다. 어쨌거나 남의 입에서 나와야

체면도 서고 뒤탈도 없을 터였다.

　하지만 이 말을 누가 해 줄 것인가? 참모장이나 부사령관이 해 주면
좋으련만 누구도 말이 없었다. 곁에는 참모 두 사람과 호위병 수십 명
밖에 없었다. 다른 측근들은 모두 구이양에 남았다. 그는 한참 망설이
다가 느릿느릿 말했다.

　"다들 봤겠지. 지금 공산군 주력 부대가 앞을 가로막고 있고 저우훈
위안 종대는 너무 멀리 있어. 우리 90사단도 모레쯤에야 올 수 있네.
게다가 적은 우리 뒤쪽도 에워싸고 조여 오고 있다구! 어쩌면 좋겠나?

자네들 말해 보게."

우치웨이는 리 참모한테서 눈길을 떼지 않았다.

"사령관님, 이 싸움에서 즉시 손을 떼야 한다고 생각합니다."

오랜 시간 우치웨이를 보좌해 온 리 참모이니 윗사람의 속내쯤이야 거뜬히 짐작하고도 남았다.

"좋아. 자네 건의를 접수하기로 하지. 그렇게 하세."

우치웨이는 리 참모에게 퇴각 명령을 써서 곧장 부대에 알리라고

했다.

그러고는 부랴부랴 돌아와 사령부에 있는 짐을 챙겼다. 그는 서둘러 떠나려다가 마음에 걸리는 것이 있어서 수화기를 들고 쉐웨한테 전화를 걸었다. 지금 상황이 어려워서 물러설 수밖에 없다고 차근차근 상황을 설명했다. 쉐웨는 불리하다면 조금 물러설 수는 있지만 절대 우 강 남쪽 기슭으로 물러나서는 안 된다고 단호하게 못 박았다. 우치웨이는 고분고분 대답하고는 수화기를 쾅 놓았다. 얼굴이 형편없이 일그러졌다.

"어서 가시지요, 사령관님. 구이양에 있는 사람들이 우리 처지를 어찌 이해하겠습니까."

리 참모는 우치웨이의 팔을 잡아끌고는 재빨리 승용차에 올랐다. 승용차는 우 강 나루터 쪽으로 내달렸다.

우치웨이 부대가 우 강 나루터에서 십오 리 떨어진 다오바수이刀靶水 도파수에 이르러 보니 취사도구를 멘 병사들과 후퇴하는 부대가 뒤엉켜 엉망이었다.

갑자기 뒤쫓아온 홍군이 쏘아 대는 총소리가 들리자, 부대는 순식간에 끓는 기름에 물이라도 끼얹은 듯 발끈 뒤집혔다. 서로 먼저 도망치려고 밀고 밟아서 온통 아수라장이었다. 우치웨이가 탄 승용차도 하필이면 이때 시동이 꺼져 버렸다. 우치웨이는 차에서 내려 호위병들의 부축을 받으며 병사들 속을 비집고 나가 도망쳤다. 호위병 수십 명이 도망가면서 욕을 퍼부었다.

"비켜! 어서 비키지 못해! 사령관이 보이지 않아?"

하지만 아무 쓸모도 없었다. 다들 살고 싶어 꽁지 빠지게 도망가는

판에 사령관이 누군지 알아볼 정신이 없었다. 덩치가 크고 튼튼한 우
치웨이도 맥이 빠졌다. 자꾸만 장시 소비에트 구역에서 59사단이 섬
멸되던 때가 떠올랐다. 그때 새파란 홍군 전사 몇이 왝왝 소리를 지르
면서 뒤를 쫓아오는 바람에 하마터면 포로가 될 뻔했다. 그 생각을 하
면 할수록 발이 납덩이처럼 무거워졌다.

다행히 힘이 장사 같은 호위병이 있어서 그를 끼고 내달렸다. 일행
은 겨우 늦지 않게 우 강 나루터에 이르렀다. 강에는 우치웨이 부대가
건너오며 놓은 긴 다리가 있었다. 이 다리만 건너면 더는 위험하지 않
았다. 금방 목숨을 걸고 도망쳐 온 목적도 이것이 아니었던가? 하지만
도도히 흐르는 강물과 안전한 곳으로 자신을 데려다 줄 다리를 눈앞에

두고 우치웨이는 그만 땅에 주저앉아 울음을 터뜨렸다. 호위병들은
서로 얼굴만 쳐다볼 뿐 어쩌면 좋을지 몰라 어리둥절했다. 리 참모가
다가가서 물었다.

"사령관님, 왜 거기 그러고 계십니까?"

"어이구, 나 그냥 여기서 죽겠네."

그는 고개를 숙이고 눈물을 훔쳤다. 조금 전에 쉐웨이가 분명히 강을
건너서는 안 된다고 명령을 내렸는데 부대를 지휘하는 사령관이 앞장
서서 강을 건너다니, 장군으로서 그럴 수는 없는 일이었다. 리 참모가
금세 영문을 알아차리고 호위병들을 다그쳤다.

"이놈들아, 그새 얼이 빠져 뭘 하는 거야? 어서 사령관님을 부축해

강을 건너지 않고!"

그러자 덩치가 큰 사내 둘이 양쪽에서 우치웨이의 팔을 잡고 부교에 올랐다. 우치웨이는 싫은 듯이 잠시 버티다가 고분고분 우 강 남쪽 기슭으로 건너갔다.

남쪽 기슭은 가파른 산비탈이었다. 우치웨이 일행이 산허리에 올라 금방 숨을 돌리려고 앉았는데 강 건너에서 총소리가 자지러지게 울렸다. 홍군이 벌써 산꼭대기를 점령하고는 총을 쏘며 고함을 지르

고 있었다.

산 아래 나루터에는 패잔병들이 벌 떼처럼 다리로 몰려들었다. 사람들이 질러 대는 소리와 말 울부짖는 소리가 뒤섞여 뒤죽박죽이었다. 이때 다리를 지키던 군관이 허겁지겁 달려와서 헐떡거리며 물었다.

"사령관님, 어쩌면 좋습니까?"

"뭘 어쩌면 좋단 말인가?"

'다리 말입니다. 어쩌면 좋겠습니까?'

우치웨이가 버럭 화를 냈다.

"멍청한 자식! 그런 것까지 알려 줘야 하나? 그래 우리가 몽땅 포로가 되어야 속이 시원하겠나?"

얼마 뒤 강에서 하늘과 땅을 뒤흔드는 소리가 울리고 처절하게 울부짖는 소리가 이어지더니 다리가 끊겼다. 사람들이 그 자리에서 강물로 떨어졌다. 다리는 제 할 일을 다 한 듯이 스르르 격류를 따라 떠내려갔다. 우는 소리, 고함 소리, 욕지거리 소리가 들려왔지만 얼마 지나지 않아 잔잔한 물결 소리만 남았다. 천 명쯤 되는 관병들은 강을 건너지 못하자 너도나도 투항했다. 우치웨이는 고통스럽게 얼굴을 싸쥐었다.

'어제 출발할 때 어쩐지 불길한 예감이 들더니 또 함정에 빠졌구나!'

우 강의 물결 소리와 홍군의 나팔 소리, 장시와 푸젠 일대에서 불리는 즐거운 '산 노래' 소리도 우치웨이의 귀에는 들리지 않았다.

쭌이 성에는 벌써 따스한 봄기운이 감돌았다. 오늘따라 날씨가 무척 화창했다. 구이저우 군대 바이 사단장의 본부가 있던 자리에 홍군 본부가 들어섰다. 집 뒤뜰에 밝은 햇살이 쏟아졌다. 류잉은 이발사를 불러 뜨거운 물을 한 주전자 끓여 놓고 늙은 홰나무 아래에서 기다리라고 하고는 마오쩌둥을 찾아갔다.

"어쩌실래요? 그 머리, 이제는 깎아야죠."

류잉이 생글생글 웃으며 말했다.

"류잉, 정말 사람을 못살게 구는군."

마오쩌둥은 전보문을 내려놓고는 민망할 정도로 자란 머리를 만지작거리면서 대꾸했다.

"아니요. 지난번에 짜시에서 이기면 깎는다고 하셨잖아요. 적 사단 몇 개를 물리쳤으니 약속을 지켜야죠."

"좋아요. 명령을 따르지."

마오쩌둥은 류잉을 따라 뒤뜰로 가서 걸상에 앉았다. 이발사는 마오쩌둥의 몸에 흰 천을 씌우더니 우스갯소리를 건넸다.

"모두 주석 동지처럼 머리를 안 깎는다면 우리 이발사들은 다 굶어 죽을 겁니다."

"그럴 리가 있습니까."

마오쩌둥이 웃으며 말했다.

"나는 한 해에 예닐곱 번 깎고 남들은 스무 번쯤 깎으면 비슷할 겁니다."

이발사가 머리를 깎기 시작하자 마오쩌둥이 류잉을 바라보며 물었다.

"류잉, 그 일은 어떻게 돼 가지?"

"그 일이라니요?"

류잉은 자기와 장원톈 사이를 두고 하는 말인 줄 뻔히 알면서도 짐

짓 딴청을 피웠다.

"동지하고 뤄푸 동지 말입니다."

"전 그 사람이랑 아무 사이도 아니에요."

류잉이 생긋 웃었다.

"아무 사이도 아니다?"

마오쩌둥이 웃으면서 말했다.

"내 비밀 하나 알려 주지. 우리가 당신들 결혼 추진 위원회를 만들었는데 내가 주임을 맡았어요. 이따금 확인하고 재촉해야지 안 그러면 모처럼 얻은 일자리를 잃게 된단 말이지."

류잉이 깔깔깔 한참 웃더니 손을 저으며 대꾸했다.

"전 결혼 같은 건 안 할 거라고 진작 말했을 텐데요. 허쯔전처럼 길에서 아이를 낳게 되면 얼마나 고생이에요."

"그러니까 당장 결혼하라는 말이 아니지."

류잉은 호주머니에서 미리 준비한 새 수건을 꺼내 대야에 넣으며 말했다.

"참, 주석 동지한테 드릴 말씀이 있어요. 세수를 하나 발을 씻으나 목욕을 하나 모두 이 수건 하나로 하니 남 보기 얼마나 거북해요. 이번에 새 수건을 드릴 테니까 그 수건은 발 닦고 목욕하는 데만 쓰세요."

"나도 진작 말하지 않았습니까. 그런 건 편견이라고."

마오쩌둥이 웃으면서 대꾸했다.

"사실 손이나 얼굴은 종일 밖에 내놓고 있으니까 역시 발이 더 깨끗하단 말이지."

한창 말을 나누고 있는데 선 호위병이 환하게 웃으면서 커피와 코
코아, 우유, 차 따위를 잔뜩 들고 들어왔다.

"역시 중앙군하고 싸우는 게 이득이에요. 건지는 물건이 많거든요.
이번에는 마실 것들이 많았어요."

마오쩌둥이 힐끗 보고는 말했다.

"차는 남겨 두고 우유랑 커피 같은 건 다른 사람들 줘요."

"남들은 맛있게들 먹는데 이게 왜 싫으세요?"

류잉이 이상해서 물었다.

"난 싫어요. 냄새가 거슬려서."

마오쩌둥이 이마를 찌푸렸다.

"누가 커피를 싫다고 하나?"

저우언라이가 뜰에 들어서며 물었다.

"마오 주석 동지는 도통 습관이 안 든다세요."

류잉이 쟁쟁한 목소리로 대답했다.

"그거 참 안타까운 일이군."

저우언라이와 왕자샹, 장원톈, 보구가 커피를 한 잔씩 들고 들어왔
다. 모두들 얼굴이 밝았다. 보구는 커피를 마시면서 칭찬을 아끼지 않
았다.

"정말 좋은 커피예요. 마오 동지, 한 잔 마셔 보는 게 어떻습니까?
괜히 후회하지 말고."

"생각 없어요. 정말 입에 안 맞는다니까."

마오쩌둥이 웃으며 대꾸했다.

"이렇게 맛있는데 왜 습관이 들지 않을까?"

"당신들은 서양 물을 먹은 사람들이지만 나는 토박이란 말입니다."

마오쩌둥이 선 호위병과 이발사를 보며 고갯짓을 했다.

"우리는 다 같은 파겠지?"

"참, 정 마시기 싫다면 우리가 나눠 먹는 수밖에 없겠군요."

보구가 커피와 코코아, 우유를 사람들에게 고루 나누어 주었다. 사람들이 기분 좋게 웃으며 돌아간 뒤, 뜰에는 다시 가위질 소리만이 슥삭슥삭 경쾌하게 울렸다.

곧 '수마 사령관'으로 쭌이 성을 들썩하게 했던 진위라이가 들어서며 경례를 했다.

"주석 동지, 이 사람들을 알아보시겠습니까?"

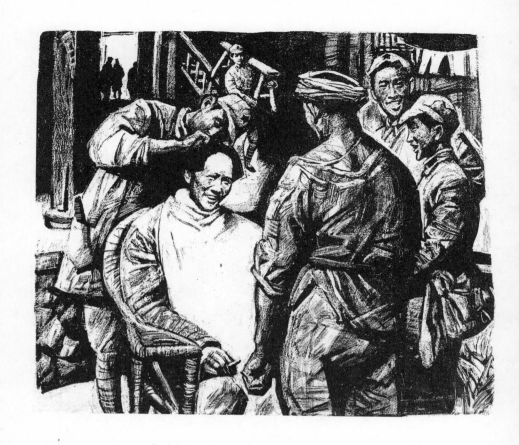

　흰 천이 수북할 만큼 머리를 잘라서인지 마오쩌둥은 몹시 가뿐해
보였다. 그는 고개를 쳐들고 진위라이 곁에 선 사람을 눈여겨보았다.

　허우대가 크고 거무스레한 사나이는 홍군이 처음 쭌이에 왔을 때
폭죽을 터뜨리며 환영하던 두톄추이였다. 한 달 전보다 더 시커멓고
초췌해 보였다. 얼굴과 목에는 누에가 기어 다닌 듯한 자줏빛 상처가
여러 개 나 있었다. 검정 솜옷을 입었는데 등과 어깨 쪽에 솜이 비어
져 나온 것을 보니 어디에 묶인 듯 했다. 곁에 기운찬 모습으로 서 있
는 청년은 홍군 군복을 입고 빙그레 웃고 있었는데 누군지 아리송했

다. 마오쩌둥은 두톄추이의 손을 잡으며 말했다.

"두 사부님이로군. 우리 쭌이 소비에트 구역 주석인데 어찌 모르겠습니까. 이 청년은 누군지 생각이 안 나는데?"

진위라이가 웃으면서 말했다.

"주석 동지, 기억 못 하시리라 짐작했습니다. 이 친구가 바로 두 사부랑 같이 우리를 환영하러 나왔던 리샤오허우입니다. 그때는 종일 석탄을 져 나르느라 원숭이처럼 여위었으니 못 알아보실 밖에요. 며칠 잘 먹었다고 이렇게 활기가 넘칩니다. 이번에 적을 추격하는데 어찌나 빠른지 대번에 적 사단장의 주방에 들어갔답니다. 거기 뜨끈뜨끈한 닭이 있는 걸 보고 다짜고짜 뜯어 먹으니까 주방장이 기겁을 해서 '어서 놓지 못해! 그건 사단장님께 드릴 거란 말이야!' 하더래요. 그래 '난 홍군이야. 이참에 너도 잡아먹어야겠어!' 라고 했답니다. 발이 얼마나 빠른지 따를 사람이 없습니다."

그 말에 사람들이 죽겠다며 웃었다. 류잉도 배꼽을 잡았다. 이발사는 비누 거품이 옷소매로 흘러 들어가는 것도 모르고 웃어 댔다. 마오쩌둥이 얼굴과 목에 난 두톄추이의 상처를 보면서 물었다.

"두 사부, 큰일을 당했나 봅니다?"

두톄추이가 미처 대답을 하기도 전에 진위라이가 입을 열었다.

"죽다 살아났지요!"

부대가 서쪽으로 떠난 뒤 적들은 쭌이 성을 점령했다. 두톄추이는 이름이 널리 알려져서 하는 수 없이 시골로 몸을 피했다. 조직에서 맡긴 부상병들도 모두 친척 집에 숨겨 돌봐 주었다.

홍군 중대장 한 사람은 움직일 수 없을 만큼 상처가 깊어 산 속에 있는 동굴에 숨겨 두었다. 두톄추이는 아내가 지은 밥을 떡처럼 얇게 눌러서 허리에 찼다. 그런 다음 겉옷으로 가리고 날마다 험한 산을 넘어 밥을 산굴로 날랐다. 홍군 중대장은 그 정성에 감동해서 눈물을 흘렸다.

그러다가 결국 지주들과 고을 관아에서 눈치를 채고 두톄추이를 잡아갔다. 적들은 날마다 그를 대들보에 달아매고 매를 들이댔지만 그는 한 마디도 불지 않았다. 그가 갇혀 있는 동안에는 처제가 대신 밥을 날랐다. 두톄추이는 홍군이 다시 와서 감옥을 부수어서야 풀려나왔다.

"그 중대장은요?"

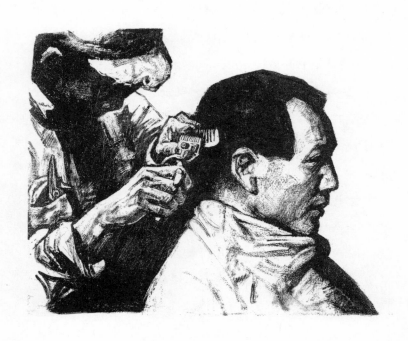

류잉이 한참 빠져들어 얘기를 듣고 있다가 물었다.

"상처가 다 나아서 부대로 돌아갔습니다."

진위라이는 두톄추이의 바짓가랑이와 저고리 소맷단을 걷어 올렸다. 팔다리가 온통 상처투성이였다. 그가 상처를 가리키며 말했다.

"놈들이 사람을 어떻게 만들었는가 보십시오."

두톄추이는 피식 웃고는 늠름하게 말했다.

"괜찮습니다. 그놈들은 조만간 끝장을 볼 거니까요."

마오쩌둥이 믿음직한 눈길로 바라보았다.

"두 사부님, 정말 고맙습니다."

"마오 주석 동지, 인사는 관두고 부탁 하나만 들어주십시오."

"부탁이라니?"

"이번엔 저를 꼭 좀 데리고 가 주십시오."

두톄추이가 시원스레 웃으며 말했다.

"음, 홍군에 들어오겠다는 말이군요?"

"그렇습니다."

"떠나면 식구들은 어떻게 합니까?"

"벌써 말을 해 두었습니다."

마오쩌둥은 빙그레 웃으며 고개를 끄덕였다. 진위라이가 두톄추이의 목을 그러안으며 흥분해서 말했다.

"그럼 우리 대대로 갑시다!"

이발사는 마오쩌둥의 머리를 길지도 짧지도 않게 깎아 놓고는 면도칼을 집어 들었다.

"저기, 수염은 됐어요."

마오쩌둥이 손을 내저었다.

"안 됩니다. 주석 동지는 가뜩이나 머리도 자주 안 자르시는데, 면도도 안 하시겠다면 어떡합니까?"

마오쩌둥이 한숨을 내쉬며 다시 의자에 등을 기대고 앉았다. 이발사가 마오쩌둥의 수염을 깎으며 물었다.

"두 사부님, 우리가 쭌이를 떠날 때 다들 배웅 나와서 하루빨리 돌아오라고들 하지 않았습니까. 우리 홍군이 떠난 뒤에도 인민들이 정말 우릴 기다리던가요? 본시 속마음이란 게 있는 자리에서 보이는 게 아니잖습니까."

"기다리다마다요. 이곳 인민들 마음은 우리한테 완전히 기운 것 같았습니다."

두톄추이가 말했다.

"얼마 전에 죽은 소년 위생병이 있는데 이 일대에서는 신으로 모시고 있습니다. 다들 '훙군 보살님'이라고 부르지요."

"훙군 보살님?"

"네. 신통력을 갖고 있답니다. 이 일대 수십 리 안팎에 사는 사람치고 모르는 사람이 없어요."

"자, 모두 앉아요. 자세히 좀 들려주세요."

류잉이 집 안에서 긴 의자를 가져왔다. 마오쩌둥은 턱에 뜨거운 수건을 두른 채 두톄추이의 이야기를 귀담아들었다.

훙군이 지난 1월 쭌이를 처음 점령했을 때 시골에 공작대를 많이 보내 토호를 몰아내고 지주의 양식과 옷을 가난한 사람들에게 나누어 주었다. 쭌이 성 동남쪽으로 십 리쯤 떨어진 상무야桑木埡 상목오 마을에도 공작대가 왔다.

이 공작대에는 열일여덟 살 먹은 위생병이 있었다. 총명하고 싹싹한지라 사람이 무척 따랐다. 그는 가난한 사람들에게 물건을 나누어 주는 한편 병도 고쳐 주었다. 티푸스 비슷한 '지워한鷄窩寒 계와한'이라는 돌림병이 돌자 남다른 처방으로 아픈 사람들을 돌보았다. 상무야 사람들은 그를 명의처럼 모셨다. 공작대가 마을을 떠난 뒤에도 이 위생병은 날마다 찾아와서 사람들을 치료해 주고는 밤을 틈타 돌아갔다. 훙군이 떠나는 날도 아픈 이들을 돌보다가 늦게 부대로 돌아왔다. 주둔지에 닿아 보니 노선도만 남겨 놓고 다들 떠난 뒤였다. 그는 서둘러 부대를 따라나섰다. 그런데 얼마 못 가서 그만 지주한테 잡혀 죽고 말았다.

　　상무야 사람들은 그 소식을 전해 듣고 몹시 슬퍼했다. 한 노인은 어젯밤 꿈에 소년을 보았다면서 꿈 이야기를 들려주었다.

　　"어젯밤 내가 허리가 너무 아파서 어렴풋이 잠이 들었는데 그 위생병이 들어오지 않겠나. '부대는 벌써 떠났는데 할아버지 병이 도지셨대서 왔어요. 마음이 쓰여서 걸음이 떨어지질 않아서요.' 그래. 약을 꺼내 주고 물을 떠다 주면서 시중을 들더니만 떠나겠대. 내가 일어나 바래려고 하니까 '할아버지, 그냥 누워 계세요. 전 어서 대오를 따라

가야 해요.' 하지 않겠나. 그런다고 내가 어찌 그대로 보낼 수 있겠나. 침대에서 내려서 바래려다가 얼마 못 가 그만 문설주에 머리를 부딪쳤네. 정신을 차리고 보니 꿈이야, 글쎄!"

마을 사람들은 밤새 시신을 거두어다가 샤오룽 산小龍山 소룡산에 잘 묻어 주었다.

"살아서 우리 병을 고쳐 주었듯이 죽어서도 우리를 지켜 주옵소서."

사람들은 무덤을 찾아 향을 피우며 기도를 드렸다. 얼마가 지나자 위생병이 신령처럼 나타나 사람들의 병을 고쳐 주었다는 소문이 나돌기 시작했다. 사람들은 아프거나 힘든 일이 있을 때마다 그 무덤을 찾아가 기도를 드렸다. 열일여덟 살짜리 소년 위생병은 '홍군 보살님'이라고 불리우기 시작했다. 전설은 사방 수십 리를 넘어 퍼져 나갔다. 찾아오는 이들도 점점 늘어났다. 토호와 악덕 인사, 정부 관리들은 바늘방석에 앉아 있는 것 같았다. 그들은 결국 무덤을 파헤치기로 했다.

처음에는 마을 관아의 일꾼들을 보냈다. 모여든 사람들은 이처럼 신통력 있는 홍군 보살님을 건드리면 큰 벌을 받을 거라고 수군거렸다. 일꾼들은 겁을 집어먹고는 감히 파지 못했다.

그러자 보장保長이 몸소 무덤을 파러 왔다. 부들부들 떨면서 몇 삽을 뜨는가 했더니 무덤 위에서 바위가 굴러 내렸다. 그러자 둘러싸고 구경하던 사람들이 "보살님이 오셨다! 보살님이 오셨다!" 하고 소리쳤다. 보장은 얼마나 놀랐던지 그 자리에서 기절해 버렸다.

밤이 되자 그는 향과 종이돈을 가지고 와서 죄를 용서해 달라고 빌었다. 이번에는 구장區長이 무덤을 파러 왔다. 그런데 오다가 말이 나뭇가지에 걸려 다리를 다쳤다. 사람들은 보살님이 신통력을 발휘한 것이라고 쑥덕였다.

쭌이의 높은 사람이 이 소문을 듣고 발끈해서 무덤을 파 버리라며 일개 부대를 보냈다. 그는 감히 막는 자가 있으면 엄하게 다스릴 것이라고 엄포를 놓았다. 명령을 받고 무덤을 파러 온 군대는 마치 엄청난 적을 맞닥뜨린 것처럼 삼엄한 경계를 펼쳤다. 이번에는 무덤을 파고 관도 꺼냈지만 이튿날이 되자 누군가 무덤을 다시 만들어 놓았다. 무덤 앞에 놓인 향불은 더 늘었다.

군중들 사이에는 "지주와 정부 관리들이 향을 못 피우게 무덤을 파헤치기만 해 봐라. 우리가 반드시 다시 만들어 놓을 것이다." 라는 말

이 공공연히 떠돌았다. 무덤을 찾는 사람들은 향과 종이돈을 사서 흙한 줌, 돌 몇 개와 함께 가지고 왔다. 낮에 관리들이 파헤친 무덤을 다시 만들기 위해서였다.

결국 무덤은 없어지기는커녕 조금씩 더 커졌다. 어린아이부터 늙은 이들까지, 먼 곳에서도 찾아와 무덤 앞에 향과 종이돈, 달걀이나 과일 같은 것을 올려놓고 경건하게 빌었다. 그러자 관리들도 더는 무덤에 손대지 않았다.

두톄추이는 말을 마치고 길게 한숨을 내쉬었다.

"저도 회의 때 한 번 본 적이 있습니다. 동글동글한 얼굴에 웃으면 보조개가 패는데 되게 귀여웠지요. 지난번 홍군이 떠나던 날 제가 늦은 시간에 쭌이를 떠났는데 가다가 그 소년을 만났습니다. 부대가 떠나니 어서 가라고 재촉만 했지요. 그때 멀리까지 바래지 않은 게 무척 후회가 됩니다."

"이름이 뭐지요?"

마오쩌둥이 물었다.

"물어보지 않았습니다. 상무야 사람들도 몰라서 그저 '홍군 무덤' 이라고 할 수밖에 없었답니다."

마오쩌둥이 묵묵히 생각에 잠겨 있다가 한참 지나서야 입을 열었다.

"얼마나 훌륭한 전사입니까. 죽어서도 우리 홍군을 빛내 주고 있지 않습니까."

그러고는 잠깐 말을 끊었다가 다시 이었다.

"이번에 쭌이를 치면서 3군단 참모장 덩핑鄧萍 등평 동지도 희생되어

샤오룽 산에 묻었어요. 내가 한번 가 볼까 하는데 그 전사 무덤하고 가깝겠지?"

"아주 가깝습니다. 바로 곁입니다."

머리를 다 깎자 이발사는 속이 다 시원한지 홀가분하게 웃었다. 마오쩌둥은 두톄추이, 진위라이 들과 함께 샤오룽 산에 올랐다.

샤오룽 산은 쭌이 성 바로 옆에 있었다. 그다지 높지 않은 산을 울창한 나무들이 뒤덮고 있었는데, 산등성이가 무척 아름다웠다. 날씨가 따뜻해 어디 가나 새파란 싹이 돋아 있었다. 벌써 피어난 작은 꽃들도 드문드문 보였다. 이름 모를 새들이 나뭇가지를 날아다니며 울

었다. 마오쩌둥은 덩핑의 무덤 앞에서 팔각 모자를 벗고 깊숙이 허리를 굽혔다.

"저쪽이 바로 소년 위생병의 무덤입니다."

두톄추이가 곁을 가리켰다. 무덤 위에는 각양각색의 크고 작은 돌들이 잔뜩 쌓여 있었고 무덤 앞에는 향과 종이돈을 태운 재가 어찌나 많은지 몇 지게는 되는 것 같았다. 마오쩌둥은 천천히 무덤 앞으로 걸어가 한참 말없이 지켜보았다.

"자, 우리 홍군 보살님께 인사를 올립시다!"

마오쩌둥이 먼저 고개를 숙였다.

쭌이 대첩은 난징 성을 뒤흔들었다. 장제스는 한밤중에 아무도 몰래 천청陳誠 진성을 불렀다.

천청은 중앙 소비에트 구역을 치는 5차 포위 토벌을 성공시켜 그 명성이 하늘을 찔렀다. 국민당 장군들 가운데서 총명하고 눈치가 빨라 군사 권력, 인사 권력, 재정 권력을 장악하는 데 뛰어나며 결단성이 있기로 이름이 났다.

예비 부대 총사령관을 맡아 중앙 소비에트 구역을 소탕하는 것 말고도 육군 정리처장으로서 전국의 육군을 재편성하는 중요한 일도 맡고 있었다. 군 행정 권력을 대부분 틀어쥐고 있었는데, 이제 참모총장을 맡는 것은 시간 문제였다. 대장부라면 하루도 권력이 없어서는 안 된다고 여기는 사람이니 그렇게만 된다면 달리는 말에 날개를 달게 될 터였다.

천청이 황푸 군관 학교에서 공부할 때만 해도 별 볼일 없었다. 어느 날 친구한테 놀러 갔다가 밤늦게 돌아왔는데, 동이 터오자 이제사 잠을 잘 수도 없고 해서 등불을 밝히고 《삼민주의三民主義》를 꺼내 들었다. 그러다가 마침 야간 순찰을 하던 장제스의 눈에 뜨이는 바람에 출셋길이 열렸다.

1차 국공합작이 깨질 무렵 천청은 21사단 연대장이었다. 그 무렵 천청이 모시던 사단장은 이름난 혁명파 덩옌다鄧演達 등연달 편에 서 있었다. 사단장은 장제스가 이 일로 사단을 없애 버릴까 봐 사단장 자리를 천청에게 대신 맡겼다. 천청은 너무 감격해서 눈물을 흘리며 말했다.

"지금이야 나서서 힘써 일하는 사람은 다 공산당으로 모는 판이니 누가 감히 열심히 할 수 있겠습니까!"

그리고 겸손하게 덧붙였다.

"사단장님, 사단장께서 안 계시면 저는 할 재간이 없습니다."

하지만 '할 재간이 없'다던 이 청년은 얼마 뒤 장제스의 품에 안겨 여러 차례 공을 세웠고 일 년도 되지 않아 난징 경비 사령관으로 진급해 단번에 중장으로 올라갔다. 그 뒤 장제스와 옌시산閻錫山 염석산, 펑위샹馮玉祥 풍옥상 세 군벌이 혼전을 벌일 때 부대를 이끌고 앞장서서 지난濟南 제남, 정저우鄭州 정주에 들어갔다. 천청은 그 일로 장제스의 신임을 얻어 군단장으로 올라갔다. 그때부터 그는 장제스의 총애를 한 몸에 받기 시작했다.

하지만 공산당 포위 토벌 전쟁만큼은 그다지 순조롭지 않았다. 1933년 4차 포위 토벌에 나서기 전, 천청이 거느린 18군단은 두 개 사단에서 여섯 개 사단으로 늘어나 병사 수가 팔구만 명에 이르렀다. 그는 중로군中路軍 총지휘관을 맡고 있었는데, 장시 '적색 구역'을 한 번에 평정할 수 있으리라 자신했다. 그런데 싸움이 시작되기 바쁘게 52사단과 59사단이 잇달아 섬멸되더니 사단장 하나는 총에 맞아 죽고 다른 하나는 사로잡히고 말았다. 총지휘관의 얼굴에 먹칠을 한 것이나 다름없었다.

하지만 천청은 고집이 남달랐다. 그는 본래 계획대로 밀고 나가면서 18군단더러 계속 진격하라고 명령했다. 소 뒷걸음질에 쥐 잡는 격으로라도 한 번은 이겨 체면을 세울 수 있겠지 했던 것이다. 그런데 그동안 출세의 발판이 되어 준 11사단도 전멸하고 사단장 샤오간肖乾 초건마저 부상을 입었다. 일은 엉망이 되고 말았다.

　소식을 듣고 천청은 정신을 차릴 수 없었다. 싸움이 끝난 뒤 천청은
남부ㄲ러워 난창에 있는 집에 틀어박혔다.

　한창 우쭐거리던 청년 장군이 대패하자 국민당 내부가 술렁거렸다.
천청이 맡고 있는 여러 가지 직위를 빼앗고 18군단을 재편성하자는
사람까지 있었다. 장제스는 이런저런 고위 장교들을 하나하나 뜯어보
았다. 하지만 하나같이 우유부단하거나 생기 없고 무기력해 공산당과
맞설 만한 사람이 없었다.

　결국 장제스는 공산당을 토벌하는 일을 또다시 천청에게 맡겼다.
과연 천청은 기대를 저버리지 않았다. 행군할 때는 짚신을 신고 가죽
띠를 질끈 졸라맸으며 병사들 틈에 끼어 밥을 먹었고 몸소 양식 자루

를 메고 다니면서 병사들의 본보기가 되었다. 그는 젖 먹던 힘까지 다 내어 5차 포위 토벌을 성공시켰다. 이 젊은 장군은 비로소 진정한 영웅인양 뽐낼 수 있게 되었다. 키는 작달막해도 가슴은 남보다 곱절로 쑥 내밀고 다녔다. 4차 포위 토벌에서 받은 상처도 잊혀져 갔다.

그런 천청이지만 오늘 장제스가 갑자기 부르자 잠시 머뭇거렸다. 쭌이 전선에서 패한 뒤였기 때문이다. 쉐웨와 우치웨이는 모두 천청이 들이민 사람이었다. 측근들의 실패로 체면이 깎인 데다가, 쉐웨와 우치웨이가 무슨 처벌이라도 받는다면 자신도 썩 좋을 것이 없었다.

그는 승용차 안에서 이런저런 생각을 하면서 장제스의 관저에 이르렀다. 차에서 내려 누런 양모 군복을 여미고는 엉덩이에 찬 단검을 만져 보았다. 단검에는 '장중정蔣中正 장중정 - 장제스의 호 드림'이라는 글귀가 박혀 있었다. 천청은 가슴을 쑥 내밀고 군인다운 자태로 객실에 들어갔다. 객실은 넓고 대낮처럼 환했다. 잘 닦인 군화가 부드러운 불빛에 반짝였다.

짙은 밤색 비단 두루마기를 걸친 장제스는 화가 머리 머리끝까지 난 채 융단 위를 서성거렸다. 천부레이陳布雷 진포뢰는 손가락 사이에

담배를 긴 채 작고 병약한 몸을 소파에 묻고 있었다. 천청은 벗은 군모를 들고 가슴을 내밀면서 발뒤꿈치를 차며 경례를 올렸다.

"자네, 쥰이 전선 일을 알고 있나?"

장제스는 앉으라는 말도 않고 천청을 쏘아보았다.

장제스는 늘 사람을 섬뜩한 눈길로 바라보곤 했다. 전에 한 여단장은 장제스를 만나 그 눈을 보고는 부들부들 떠느라 대꾸도 제대로 못하고 돌아 나왔을 정도였다. 하지만 천청은 달랐다. 좀 긴장되기는 했지만 겉으로는 아주 태연해 보였다.

"교장 선생님, 알고 있습니다."

그는 버릇처럼 장제스를 '교장 선생님'이라고 불렀다.

"공산당 토벌에 나선 뒤로 이런 치욕은 처음이야!"

장제스는 거의 고함을 지르다시피 말했다. 민머리가 불빛에 반짝거렸다.

"쉐웨는 구이양에서 홍청망청 놀면서 전선에 나가지도 않았다고 들었네!"

"교장 선생님,"

천청은 웃으며 말했다.

"구이저우는 왕자레이의 세력이 커서 중앙이 자리를 잡으려면 아마 쉐웨가 한동안 밑바닥부터 잘 닦아 놓아야 할 겁니다."

장제스는 잠시 말이 없더니 그제서야 천청에게 자리를 권했다. 하지만 화가 가라앉은 것은 아니었다.

"공비는 겨우 삼사만 명밖에 남지 않았고 우리한테 쫓겨 쓰촨 성 구석진 곳에 처박혔어. 북으로는 양쯔 강, 남으로는 헝 강에 가로막혀서

말이야. 거길 우리 수십만 대군이 포위하고 있었어. 이처럼 좋은 기회
가 또 있단 말인가? 제길, 모두 그 돼지처럼 멍청한 놈들이 놓치는 바
람에 홍군한테 도로 물리지 않았나!"

천부레이는 조그만 덩치만큼이나 담력도 작았다. 그는 장제스가
화낼 때가 가장 무서웠다. 천부레이는 천청에게 몰래 눈짓을 했다.
잠시 변명을 하지 말라는 뜻이었다. 천청은 자리에 앉아서 입을 꾹
다물었다.

천부레이는 〈상하이상바오上海商報 상해상보〉의 기자였다. 그러다가
1927년 장제스를 따르기 시작해, 장제스의 책사가 되었다. 국민당의
지침과 장제스의 명령문 대부분을 그가 썼다. 멀쩡한 콩도 팥입네,
없는 것도 있는 듯 늘 흰 종이를 빼곡히 채워야 하니 몸과 마음이 고

달팠다.

장제스는 구이저우 싸움이 못마땅해 반 시간 남짓 화를 내더니 불쑥 한마디 내뱉었다.

"그 광둥의 우치웨이는 왜 군대를 끌고 나가자마자 그 모양인가? 장시에서 얼이 빠졌나. 아니면 속으로 아직도 장파쿠이를 생각하나?"

이것은 민감한 문제라 천청이 나서지 않을 수 없었다.

"우리 쪽으로 넘어온 뒤로는 위원장님께 일편단심 충성스러웠습니다."

천청이 깍듯하게 대답했다.

"하지만 마음이 약해서 규율을 엄하게 못 틀어쥐고 있는 게 문제입니다. 전에 제가 거느린 11사단이 구이더歸德 귀덕를 지킬 때 펑위샹의 군대가 칼을 휘두르며 공격해 오자 방어선 전체가 술렁였습니다. 제가 연대장 한 명을 죽이고 나서야 진지가 다시 진정되었지요. 지켜 내지 못할 진지가 있다는 걸 저는 믿고 싶지 않습니다."

"당장 우치웨이를 잘라 버려야겠네!"

장제스가 사납게 말했다.

"위원장님, 안 됩니다!"

천부레이가 마침내 여윈 몸을 일으키며 가는 목소리로 말했다.

"왜 안 된다는 건가?"

장제스가 물었다. 천부레이가 몸을 바로잡으며 말했다.

"우치웨이는 노련한 군인입니다. 큰 실수를 저질렀으니 마음 깊이 반성하고 있을 겁니다. 섣불리 처리했다가는 오히려 불만을 살 수 있습니다. 위원장님께서 손수 편지를 써 보내 위로하면서 공을 세워 죗값을 치르라고 한다면 진심으로 위원장님의 은혜에 감격할 테고 나중에 더 쓸모가 있지 않겠습니까?"

천부레이는 천청을 바라보며 찡긋거렸다. 천청이 재빨리 말을 받았다.

"그게 좋겠습니다, 교장 선생님."

장제스는 쉴 새 없이 서성거리다가 지쳤는지 별다른 대꾸 없이 소파에 앉았다. 장제스는 긴 옷섶을 걷어 올리면서 한쪽 다리를 다른 다리 위에 올려놓았다. 그러자 앞코가 둥그런 헝겊 신발이 보였다. 그는 잠깐 말이 없다가 천청을 바라보며 말했다.

"츠슈辭修 사수, 자네 비행기를 준비하게. 내일 이른 아침 우리 셋이 충칭으로 가지."

천청의 호를 부르는 걸 보니 화가 좀 가라앉은 것 같았다.

"전선을 둘러보시겠습니까?"

"아니, 내가 직접 지휘하겠네."

장제스는 소파에서 몸을 곧게 세우면서 위엄 있게 말했다.

"우리가 사오 년 동안 수백만 군대를 보내 엄청난 돈을 퍼부어 가며 겨우 주더와 마오쩌둥을 장시에서 쫓아내지 않았나. 그놈들이 구이저우 산골짝에 갇혀 있는 판이니 비적을 없애기에 지금처럼 좋은 때가 없단 말일세. 만약 이때를 놓쳐서 그놈들이 한곳에 뿌리내리게 된다면 앞으로는 정말 몰아내기 힘들 거야!"

"과연 걸출한 안목이십니다. 그처럼 깊고 멀리 생각하시다니요!"

천부레이가 끊임없이 머리를 끄덕이며 감탄했다.

"하지만 며칠 있다가 가셔도 늦지는 않을 겁니다. 우선 중대한 문제
를 처리하고 나서 움직이시는 게……."

"중대한 문제라니, 그게 뭔가?"

장제스가 곁눈질로 보며 물었다.

"요즘 여론이 그리 좋지 않습니다. 특히 화베이 華北 화북 쪽 말입니
다."

"여론이라니?"

천부레이는 몇몇 신문 이름을 대면서 이 신문들이 함부로 이 얘기
저 얘기 떠벌리면서 물을 흐리고 있다고 격분을 감추지 않았다. 헌병
3연대는 베이핑 北平 북평 - 1928년부터 1949년까지 베이징을 이렇게 불렀다. 에서 스
파이 운운하면서 날마다 사오십 명씩 멋대로 사람을 잡아들인다거나,
항일이란 말을 하는 사람은 블랙리스트에 올린 뒤 생매장하거나 융딩
강 永定河 영정하 에 처넣는다거나, 베이핑에 있는 마른 우물 몇 개는 죽
은 시체로 가득 찬 지 오래고 융딩 강에 떠내려가는 시체가 얼만지 모
른다는 따위 얘기였다. 천부레이가 한숨을 쉬며 말했다.

"이런 얘기는 여론을 부추겨서 각계에서 정부와 위원장님에 대한
불만이 터져 나오고 있습니다."

"그건 날조야!"

장제스는 기분을 잡쳐 천부레이의 말이 끝나기도 전에 말허리를 끊
어 버렸다.

"날조라고 해도 이런 여론이 널리 퍼진다면 정부와 위원장님께 아주 불리하지요."

그 말에 장제스가 또다시 발끈해서 소매를 뿌리치며 버럭 소리를 질렀다.

"여론은 무슨 개똥 같은 여론이야! 내가 삼만 원으로 신문사를 차릴 수도 있어. 시키는 대로 쓰게 할 수도 있단 말이야!"

그는 깊이 꺼진 두 눈으로 천부레이를 쏘아보았다. 천부레이는 장제스의 눈길이 곧바로 쏟아지기만 하면 슬며시 피했다. 그것만은 늘 곁에 있어도 좀처럼 익숙해지지 않았다. 게다가 장제스가 여론은 무슨 여론이냐며 딱 잘라 말하자 그만 몸이 흠칫했다. 천부레이는 여위고 작은 몸을 소파에 깊숙이 묻고 입을 다물었다. 장제스는 말이 너무 지나쳤다 싶었는지 부드럽게 덧붙였다.

"그건 말일세, 허잉친何應欽 하응흠 더러 처리하라고 하게. …… 한데 내가 허잉친한테 베이핑에 눌러 있으라고 했는데 왜 난징까지 와서는 가지 않는 건가?"

"그럴 만도 하지요."

천부레이가 다시 입을 열었다.

"명색이 중화민국 군사분회軍分會 책임자이자 베이핑 사령부 주임인데, 사무실에 일본군 병사가 제멋대로 쳐들어와서 존칭도 없이 이름을 척척 부르지 않나, 얼굴에 침까지 뱉었다지 않습니까. 그러니 무슨 낯으로 그 자리에 돌아가겠습니까."

"죽는 게 두려우면 군복을 입지 말아야지!"

장제스가 화가 나서 말했다.

천청은 줄곧 허잉친과 사이가 나빴다. 1927년 10월 허잉친 때문에 사단장 자리에서 물러난 뒤로, 그는 한순간도 그 일을 잊지 않았다. 게다가 앞으로 참모총장을 누가 맡느냐 하는 문제는 한 치도 양보할 수 없는 일이었다. 말이 이쯤에 이르자 천청은 냉큼 한마디 끼어들었다.

"국가의 고위 관리가 우두머리와 걱정거리를 나누지 않는다면 어찌 동지라 할 수 있겠습니까!"

천부레이는 어느 한쪽을 거들기가 뭣한지 다른 이야기를 꺼냈다.

"지금 온 나라에 항일하자는 요구가 거세고 내전을 반대하는 외침이 드높습니다. 화베이의 정치 상황을 잠시라도 가라앉혀야 할 것 같습니다. 위원장님을 위해서라도 어서 방법을 찾아야 합니다."

가는 목소리로 부드럽게 제안했지만, 장제스는 마치 바늘에 찔리기라도 한 것처럼 곧장 고개를 돌려 천부레이를 쏘아보았다.

"그래, 이 마당에 무슨 방법이 있나! 부대를 끌고 가? 어느 부대를 이끌고 가지? 일본 사람들하고 맞설 부대가 어디 있나? 공산당이 우리 힘을 죄 빼앗아 버리는데 내가 뭘 가지고 일본을 친단 말이야?"

따발총처럼 쏘아 대자 천부레이는 그만 얼굴이 시뻘게져서 아무 대

꾸도 못 했다. 천부레이는 눈을 내리 깔았다. 장제스는 아직도 분이 풀리지 않는지 계속 떠들었다.

"항일하자고 구호만 외쳐 대는 사람들이 있는데 나야말로 묻고 싶다고. 그래, 뭘 가지고 항일할 거지? 우리는 무기도, 기계나 공장도, 교육이나 훈련도 다 일본보다 떨어져. 그런데 뭘로 일본 사람들이랑 싸우지? 안 싸우고 조용히 가만있는 편이 나을걸. 싸웠다간 사흘을 못 넘기고 망할 거야! 내 말을 끔찍하다고 생각하는 사람들도 있겠지만 현실이 그렇지. 우리는 국방이 약하고 준비가 부족하니 지금부터 삼십 년을 준비한 다음 싸운다 해도 이길까 말까 하다고. 게다가 일본이 우리한테 준비할 기회나 준다든가?"

이것이 항일 문제에 관한 장제스의 생각이었다. 천부레이와 천청을 비롯한 국민당 사람들은 자주 듣던 말이기도 했다. 천부레이도 오늘 밤 이 문제를 깊이 의논할 생각은 없었다. 다만 장제스에 대한 충성심으로 불리한 정세에 보탬이 될까 해서 말했을 뿐이었다.

"위원장님."

그는 아주 간절하게 말했다.

"여론을 잠재우기 위해서라도 그럴듯하게 한 말씀 하시는 게 좋습니다."

"그럴듯하게?"

장제스는 표정이 좀 부드러워졌다.

"그럼 자네들이 좀 어째 보게. 글을 좀 써서 신문에 실으란 말이야."

천부레이는 장제스가 다시 얼굴을 펴자 마음이 놓였다. 그는 한 손

으로 다른 손목을 잡으며 말했다.

"우리는 군사로도 안 되지만, 문장으로도 공산당에 댈 게 아니지요. 우리 국민당에 그런 글을 쓸 만한 사람이 어디 있습니까? 똑똑한 사람들은 모두 공산당 쪽으로 가 버렸으니 말입니다."

"그러면 중도 세력이라도 끌어들여서 우리를 위해 말하라고 해야지 않겠나."

"어이구, 그 사람들은 하나같이 노처녀 같은 인사들뿐입니다. 시집을 가라고 하면 수줍음을 타면서 말을 들어 먹어야지요."

"됐네. 됐어."

장제스가 손을 내저었다.

"이 일은 자네가 하게. 적어도 글은 쓸 수 있지 않나. 외부의 적을 몰아내려면 먼저 내부가 안정되어야 한다는 걸 진지하게 설명해 주게. 그리고 우리는 내일 역시 충칭으로 가야 해. 먼저 공산당 문제부터 해결하고 봐야지."

천청과 천부레이도 고개를 끄덕였다.

"내가 거듭 말하지만 이 일을 예사로 여겨서는 안 된다구."

장제스는 준엄한 눈길로 두 사람을 보면서 깨우쳐 주었다.

"쉐웨가 전보를 보내왔는데 공산당이 쭌이 회의인지 뭔지 하는 걸 했다는군. 그런데 말이야. 마오쩌둥이 또 올라갔네. 자네들 그게 뭘 뜻하는지 잘 새겨 보았나?"

"네. 잘 새겨 보았습니다."

두 사람이 똑같이 대답했다.

"상대하기 아주 까다로운 사람이야. 장시에서 우리가 얼마나 골탕을 먹었나."

장제스의 얼굴에 슬그머니 걱정이 떠오르기 시작했다.

"나는 공산당이 이대로 쪼개질 줄 알았거든. 그러면 거두기 쉬울 텐데 말이야. 한데 마오쩌둥이 또 권력을 잡았다구. 이자는 동쪽을 치는 척하며 서쪽을 치지. 도무지 사람이 갈피를 잡을 수 없게 만들어. 이번에 홍군이 갑자기 머리를 돌려 다시 쭌이로 갔는데 아무래도 그자의 수법 같단 말이야."

"위원장님 말씀이 맞습니다."

천부레이는 고개를 끄덕였다. 천청은 아무 말도 없이 앉아 있었다.

장제스는 두 사람한테 다가가더니 무거운 목소리로 말했다.

"백성들이 공산당 꼬임에 넘어가 항일을 외쳐 대는 건 이해할 수 있는데 우리 당의 동지들까지 어리석게 따라서 외치는 건 말이 안 되지. 공산당이 내 뒷다리를 잡는데 공산당을 무찌르지 않고 어찌 항일을 할 수 있단 말인가. 자네들이니 내 솔직히 말하지만 일본 사람들이야 쳐들어온대도 대처할 방법이 있지만 공산당이 천하를 얻는 날에는 죽어

도 묻힐 곳이 없네. 알고들 있나?"

　장제스는 천부레이를 뚫어지게 보다가 또 천청을 바라보았다. 어지
간히 흥분한 모양이었다. 이런 얘기야 한두 번 듣는 것이 아니었지만
천부레이와 천청은 어쩐지 전율을 느꼈다.

　"위원장 말씀에는 정말 깊은 뜻이 담겨 있습니다."

　천부레이가 경건하게 고개를 끄덕였다.

　"교장 선생님이 하신 말씀을 이 천청은 한시도 잊은 적이 없습니다.
공산당을 무찌르지 않고서는 저 역시 눈을 못 감을 겁니다."

　천청이 말했다.

1935년 3월 2일, 장제스는 비행기로 충칭에 가서 임시 군영을 세웠다. 그는 첫 명령을 발포했다.

위원장인 내가 충칭에 왔으니 쓰촨과 구이저우에 있는 군대는 모두 내가 지휘한다. 내 명령 없이 멋대로 진격하거나 후퇴해서는 안 된다. 반드시 힘을 모아 함께 임무를 완수해야 할 것이다. 모든 부대는 이 지시를 따르기 바란다.

장제스는 홍군을 우 강 서부, 츠수이 강 동부 지역에서 전멸시켜 버

리겠다고 결심했다. 그는 부대를 있는 대로 끌어모아 홍군의 뒤를 쫓고 앞을 막게 했다. 그러는 한편 부하들에게 경솔하게 공격해서는 안된다고 경고했다.

장제스는 저우훈위안과 우치웨이가 이끄는 두 종대에 전보를 보냈다.

저우훈위안 종대의 주력 부대는 반드시 적의 동태를 잘 파악한 뒤에 행동해야 한다. 밤에는 멀리 나가거나 깊이 들어가지 말라. 우치웨이

종대는 야시鴨溪압계 가까이 이르면 곧장 수색하면서 앞으로 나가되 경솔하게 전진하지 말라. 하지만 저우훈위안 종대와 우치웨이 종대는 다른 종대가 적들과 격전이 붙게 되면 반드시 모든 것을 제쳐 놓고 재빨리 협공으로 적을 깨끗이 무찌르도록 하라. 절대 주저하지 말라.

장제스는 또다시 보루 전술에 기대를 걸었다. 그는 모든 현에 명령 을 내렸다.

현마다 모두 사격 진지를 튼튼히 구축하라. 사격 진지 사이의 거리는 화력이 미치도록 하며 오백 미터에 하나씩 만드는 것이 가장 좋다. 나루터는 반드시 일정한 거리를 두고 부대나 지방 군대를 두어 튼튼히 지키게 하며 사람을 보내 감독해야 한다. 적이 오지 않았을 때는 단단히 막을 것이며 적이 오면 지키면서 지원을 기다려라.

홍군 지도부는 작전을 세우는 것이 더욱 어려워졌다.
홍군은 쭌이 전투에서 위세를 크게 떨쳤고 덕분에 부대의 사기가

하늘 높이 치솟았다. 지도부는 이 기세를 몰아 멋지게 싸워서 어려운 때를 이겨 내고 싶었다. 홍군 주력 부대는 좀 쉬고 난 뒤 쭌이 서쪽 야시와 바이라칸白臘坎 백랍감, 펑샹바楓香壩 풍향패 일대에서 적을 칠 기회만 찾고 있었다. 지도부에서 노리고 있는 첫 번째 목표가 바로 루반창魯班場 노반장, 창강 산長崗山 장강산 일대에 머무르고 있는 저우훈위안 종대의 세 개 사단이었다. 하지만 저우훈위안은 남이 저지른 잘못을 되풀이하지 않는 장군이었다. 그는 우치웨이가 된통 낭패를 당한 것을 알고는 철저히 조심했다. 홍군은 손바닥이 근질근질했지만 어디 하나 칠 만한 곳이 없었다.

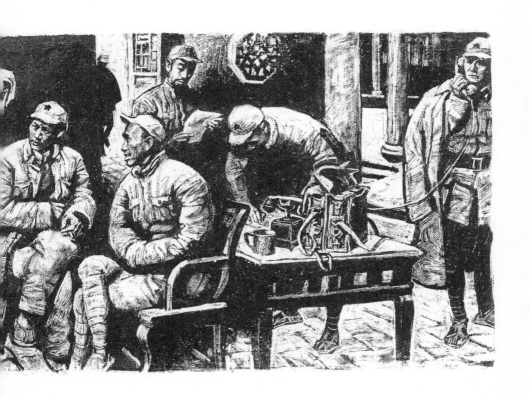

지도자들은 지도를 보며 고민하다가 끝내 현 소재지 하나를 찾아냈다. 그곳이 바로 다구신창이었다. 여기에 왕자레이의 한 개 사단이 머물고 있었다. 이 자그마한 현 소재지를 치기 위해 반나절이나 회의를 했다. 한결같이 해 볼 만한 싸움이라고들 했다. 이 사단은 지난번에 홍군한테 크게 당해 간담이 서늘해져 있을 테니 싸움이 그다지 어렵지 않으리라고 보았다. 마오쩌둥이 반대하고 나섰지만, 누구나 싸우고 싶은 생각이 불 붙듯 해서 네 한마디, 내 한마디로 결국 다구신창을 치기로 했다. 저우언라이가 그날 밤에 작전 명령을 쓰고 이튿날 아침에 출발하기로 결정했다.

저우언라이가 작전 명령을 다 썼을 때는 자정이 지난 뒤였다. 3월이라 밤에는 아직 쌀쌀했다. 싱궈가 뜨거운 찻물 한 주전자를 끓여 주었다. 큰 컵에 차를 우려 한 잔 마셨더니 몸이 따뜻해지면서 잠이 쏟아졌다. 설핏 잠이 들었는데 누군가 똑똑똑 창문을 두드렸다.

"언라이, 언라이."

나직한 목소리가 들려왔다. 저우언라이는 잠귀가 밝은 편이었지만 너무 피곤해 저도 모르게 다시 잠들어 버렸다. 조금 지나자 다시 창문을 똑똑 두드리며 부르는 소리가 들렸다.

"언라이, 잠들었나?"

저우언라이가 겨우 눈을 떴다. 정신을 차리고 들어 보니 마오쩌둥이었다. 그는 곧장 일어나 등불을 켠 다음 나가 문을 열었다. 외투를 걸친 마오쩌둥이 손에 램프를 들고 어둠 속에 서 있었다.

"아니, 호위병은 어디 가고 홀로 왔나?"

"모두 지쳐서 곯아떨어졌지."

마오쩌둥이 웃으면서 말했다.

"그래서 직접 깨우지 않았나."

저우언라이는 마오쩌둥을 방으로 들인 뒤 램프를 받아 상 위에 놓았다. 손목시계를 보니 새벽 두 시를 가리키고 있었다.

"이 시간에 안 자고 어인 행차십니까?"

"잠이 와야 자지."

마오쩌둥이 담배를 붙여 물었다.

"다구신창을 친다는 명령은 내려보냈습니까?"

"아니. 아직 안 내려보냈는데."

"그러면 됐어요."

마오쩌둥이 다행이라는 듯이 말했다.

"다구신창을 치는 일이 암만 생각해도 마음에 걸려 잠을 잘 수가 없어서 왔거든."

마오쩌둥은 몸을 일으켜 램프를 들고 지도 가까이로 갔다. 그는 담배를 쥔 누런 손가락으로 지도에서 깨알만 한 지명을 가리키며 천천히 말을 꺼냈다.

"이 다구신창을 지키는 적이 구이저우 군대의 한 개 사단뿐이고 전투력이 약해 보이지만, 적들은 성벽도 있고 사격 진지도 만들어 놓았으니 사실은 꽤 강하다고 할 수 있어요. 이 싸움은 쉽지 않을 거야. 시간도 퍽 걸리겠지. 시간이 길어지면 전투가 시끄럽게 될 겁니다."

이렇게 말하고는 저우언라이의 얼굴을 살폈다. 저우언라이는 정신을 가다듬고, 굳은 얼굴로 마오쩌둥의 이야기를 듣고 있었다. 마오쩌둥은 램프를 든 손에 힘이 빠졌는지 다른 손으로 바꿔 들었다.

"지금 우리 둘레에는 적이 백 개 연대나 되지. 게다가 꽤 몰려 있어요. 만약 다구신창에서 빨리 손을 떼지 못한다면 적들이 사면팔방에서 몰려올 겁니다. 그렇게 되면 우리는 겹겹으로 포위당해서 벗어날 수 없겠지."

그는 또 다구신창 주변의 적들을 차례로 가리켰다. 다구신창 북쪽에서 멀지 않은 곳에 구이저우 군대 한 개 여단이 있고, 서북쪽 루반창 일대에 저우훈위안의 세 개 사단이 있으며, 서남쪽 구이저우 서부, 다팡大方 대방, 비제에 쑨두의 여섯 개 여단 말고도 두 개 연대가 더 있

었다. 저우훈위안과 쑨두가 힘을 모아 홍군을 남북으로 죄어 오는 형편
인 데다가 우치웨이가 거느린 두 개 사단이 이미 동쪽 다오바수이에 들
어와 있고 쓰촨 군대 궈쉰치 부대가 벌써 쭌이를 점령했다. 그리고 쉬
융과 구린, 퉁즈에 또 쓰촨 군대 주력 부대가 머물고 있어 다구신창을
치려다가 자칫하면 적들에게 겹겹으로 둘러싸일 수 있었다.

　마오쩌둥은 다른 사람을 설득하는 데 남다른 재주가 있었다. 서두
를 때도 있고 화를 낼 때도 있지만 다른 사람을 설득하려 들 때는 힘
있는 후난 사투리로 느긋하고 부드럽게 이야기했다. 쭌이 회의가 성

공할 수 있었던 것은 여러 가지 조건이 마련되고 많은 동지들이 애썼기 때문이지만 마오쩌둥의 재치 있는 설득도 큰 몫을 했다. 사실과 이치를 투철하게 분석하는 말 속에는 사람의 마음을 움직이는 힘이 있었다.

마오쩌둥은 램프를 다시 상 위에 놓았다. 마오쩌둥은 말을 맺고는 조용히 앉아서 담배를 피웠다. 저우언라이는 불빛 아래에서 짙은 눈썹을 찡그린 채 수염을 쓰다듬으며 생각에 잠겼다.

저우언라이는 남의 의견을 귀 기울여 듣고 좋은 생각이나 올바른 지적을 잘 받아들이는 사람이었다. 그는 모든 사람이 같은 객관 재료를 갖고 있지만 마오쩌둥의 생각이 더 합리적이라는 것을 알아챘다. 그는 한 가지 조건만 살피는 것이 아니라 그 조건을 다른 조건과 연결시켜 살폈고 한 부분을 고정시켜 보는 것이 아니라 변화 속에서 그 부분의 결과를 보았다.

"좋아요. 아주 좋은 의견입니다. 동이 트면 여러 사람과 다시 의논해 보지요."

저우언라이는 마오쩌둥을 보면서 고개를 끄덕였다.

"크게 이긴 뒤로 사기가 오르면서 머리가 좀 뜨거워졌어요. 사람들의 생각은 항상 이런 경우가 있지요. 한때는 저쪽으로 치우쳤다가 한때는 또 이쪽으로 치우치거든. 균형을 잘 잡기란 정말 어려워요."

저우언라이는 낯빛이 밝아지더니, 입가가 스르륵 풀렸다.

마오쩌둥은 한시름 놓은 듯했다. 하지만 목소리는 여전히 무거웠다.

"언라이, 이 장기는 참 두기 어려울 겁니다. 우리 둘레로 수십만에 이르는 적이 있지만 우리 전투 부대는 겨우 이삼만밖에 안 되지요. 한 걸음 잘못 내딛으면 무슨 결과가 생길지 모르는 판이거든."

마오쩌둥이 말을 마치더니 일어나 램프를 들었다. 그러자 저우언라이가 막아섰다.

"나한테 뜨거운 차가 있으니 좀 마시고 가지."

"생각 없는데."

마오쩌둥이 웃으며 손을 내저었다.

"만약 술이 있으면 한잔 마시고 싶네만."

저우언라이는 주전자에서 짙은 찻물을 부어 건네며 말했다.

"추운 밤에 찾아온 손님한테는 찻물로 술을 대신한다는 말이 있지요."

마오쩌둥이 두 손으로 찻물을 받아 마시면서 칭찬했다.

"향이 좋군. 나는 우유나 커피는 좋아하지 않아서."

저우언라이는 호위병 싱궈를 딸려 마오쩌둥을 바랬다. 그는 살짝 굽은 마오쩌둥의 뒷모습을 보면서 한참 서 있었다. 마오쩌둥이 이렇게 한밤중에 찾아와 주어서, 홍군이 입을 수 있는 손실을 피할 수 있게 되었으니 다행이라고 저우언라이는 생각했다.

날이 밝자 저우언라이는 회의를 소집하고 마오쩌둥의 의견을 설명했다. 회의장 분위기는 차분했다. 사람들은 마오쩌둥이 말한 까닭을 놓고 조목조목 이야기를 나눴다. 그리고 다구신창을 치지 않고 다른 기회를 찾기로 결정했다.

저우언라이는 마오쩌둥을 찾아가 회의 결과를 알려 주었다. 마오쩌둥은 몹시 기뻐하며 말했다.

"언라이, 의논할 문제가 또 하나 있어요. 작전 회의는 다른 문제를 토론하는 것과 다르지. 그런데 우리는 회의 때마다 열 사람, 스무 사람이 모여 반나절이나 토론하지만 어떤 일은 결정짓지 못할 때가 있어요. 이러다간 아무것도 할 수 없을 겁니다. 어떻게 생각합니까?"

"동감입니다. 이렇게 하다간 아무 일도 안 될 것 같아요."

저우언라이가 고개를 끄덕였다.

"군사 지도 소조를 만들어서 정치국이 책임을 지는 게 어떨까? 물론

전에 보구 동지가 하던 것처럼 정치국이 모르게 제멋대로 하는 일은
없어야겠지요."

"좋아요. 이 문제는 내가 먼저 뤄푸 동지하고 의논한 다음 토론해서
해결하기로 합시다."

얼마 뒤 중앙 정치국 회의에서 정식으로 토론을 한 뒤 저우언라이,
마오쩌둥, 왕자샹 세 사람으로 구성된 군사 지도 소조를 만들었다. 회
의를 마치고 마오쩌둥은 저우언라이와 함께 밭 사이로 꼬불꼬불 난 오

솔길을 걸었다.

"정말 잘됐어요. 앞으로 우리 홍군이 더 많이 더 크게 이길 수 있을 겁니다."

저우언라이는 진심으로 기뻐했다. 그는 마오쩌둥이야말로 걸출한 군사 사상을 갖고 있다고 생각했다. 전에 보구가 마오쩌둥은 《손자병법》이나 알 뿐이라고 했는데 틀린 말이었다. 마오쩌둥은 마르크스─레닌주의 군사 사상을 중국의 군사 사상과 이어서 생각하고 있었다.

게다가 1927년부터 유격전을 해 와서 경험이 풍부하고 군사 이론에도 밝았다. 어려운 때일수록 마오쩌둥은 동지들도 놀랄 만한 기발한 수로 항상 적의 예상을 비껴 갔다. 얼마 전 츠수이 강을 두 번 건너며 총부리를 되돌려 적을 공격한 일도 그랬다.

지난 한 해 동안은 이런 재능을 충분히 발휘하지 못했다. 하지만 지금같이 어려운 때 마오쩌둥이 다시 군사를 이끌게 되었으니 홍군의 운명이 달라질 터였다.

쭌이 회의에서는 저우언라이를 '당의 위임을 받아 군사 지휘에서 최종 결정을 내릴 수 있는 책임자'로, 마오쩌둥은 '저우언라이를 돕는 사람'으로 임명했다. 그런데 이번에 군사 지도 소조가 만들어지면서 저우언라이의 군사 결정권이 사실상 없어졌다. 권력이 약해진 것이다. 하지만 그는 전혀 마음 쓰지 않고 오히려 기뻐했다. 마오쩌둥은 지난 일이 떠올랐다.

1930년, 소련 공산당의 16차 대표대회 때 스탈린 Иосиф Виссаринович

Сталин은 저우언라이가 중국 공산당을 대표해 대회에서 발언하도록 했다. 여기에는 그동안 리리싼李立三 이립삼이 해 온 일을 맡을 사람이 저우언라이라는 뜻이 담겨 있었다.

하지만 저우언라이는 귀국해서 당의 6기 3중전회6기 중국 공산당 중앙 위원회 제3차 전체 회의를 준비하면서 취추바이더러 정치 보고를 한 뒤 결론을 지으라고 했다. 자신은 코민테른의 결의를 전달하는 보고만 맡았다. 그 일이 있고 나서 취추바이가 리리싼의 뒤를 이어 당을 이끌게 되었다.

마오쩌둥은 오늘도 자기 일처럼 즐거워하는 저우언라이를 보면서 마음속 깊이 감동했다. 저우언라이야말로 참된 공산주의자이며 깨끗하고 맑은 품성을 지닌 전우이자 동지였다. 생각이 옳을 때도 있고 그를 때도 있지만 이기심이 없고 권력을 다투지 않는 것은 가장 큰 장점이었다. 마오쩌둥은 오래도록 경의에 찬 얼굴로 저우언라이를 바라보았다.

두 사람은 오솔길에 핀 들꽃을 바라보며 나란히 걸었다. 마음이 개운해진 덕분에 아무런 말이 필요 없었다.

지도로 보는 대장정

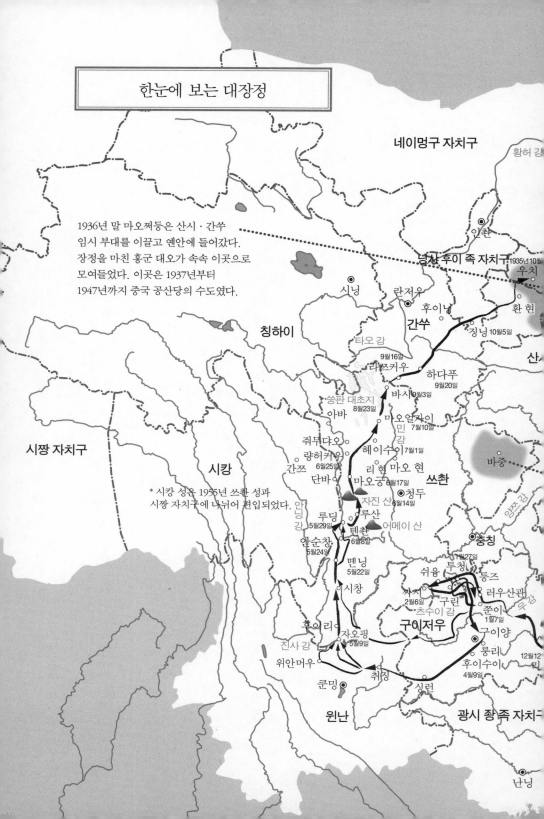

한눈에 보는 대장정

1936년 말 마오쩌둥은 산시·간쑤
임시 부대를 이끌고 옌안에 들어갔다.
장정을 마친 홍군 대오가 속속 이곳으로
모여들었다. 이곳은 1937년부터
1947년까지 중국 공산당의 수도였다.

네이멍구 자치구

황허 강

이촨

닝샤 후이 족 자치구 1935년 10월 우치

칭하이

시닝

란저우

간쑤

후이닝

환 현

징닝 10월 5일

산

타오 강

9월 16일

라쯔커우

하다푸
9월 20일

쑹판 대초지
8월 23일

바시 9월 3일

아바

마오얼가이
민 7월 10일

시짱 자치구

시캉

쥐무댜오
량허커우
6월 25일

간쯔
단바

헤이수이 강 7월 1일

리 현 마오 현
마오궁 6월 17일

자진 산 6월 14일

쓰촨

청두

바중

* 시캉 성은 1955년 쓰촨 성과
시짱 자치구에 나뉘어 편입되었다.

안닝 강

루딩
5월 29일

루산
톈촨
6월 8일

어메이 산

충칭

안순창
5월 24일

멍닝
5월 22일

이창

11월 27일

투청

쉬융

룽즈

러우산관

짜시
2월 6일

구린
츠수이 강

쭌이
1월 7일

후이리

자오핑
5월 9일

진사 강

구이저우

구이양

위안머우

취칭

룽리

후이수이
4월 9일

12월 12일

쿤밍

실런

윈난

광시 좡족 자치

난닝

엔볜○

지린

랴오닝   ○선양

허하오터○

베이징

허베이   ○톈진

타이위안○   ○스자좡
진
산시   ○지난

황허 강   산둥

정저우○

허난   안후이

베이   허페이○   ○난징   ○상하이

우한○

양쯔 강   항저우○

저장

난창○

창사○

후난   장시   푸젠

장타이바오

루이진●········   ○푸저우
1934년 10월 15일

신펑○

광둥   타이완

광저우○

마카오 홍콩

홍군 25군
1934년 11월 16일 출발해 1935년
9월 15일 산시 북부에 있는
융핑 진까지 약 오천 킬로미터를
걸었다.

홍군 4방면군
1935년 5월 초 근거지를 떠나
6월 13일 1방면군과 합류했다.
9월 장궈타오가 좌로군을 이끌고
남하를 강행하면서 1방면군과
갈라진 뒤, 1936년 10월 9일
후이닝에 닿을 때까지 오천
킬로미터가 넘게 걸었다.

홍군 2방면군
1935년 11월 19일 장정에 나섰다.
이듬해 6월 말 간쯔에서 4방면군과
합류했다. 10월 22일 후이닝 동부
장타이바오에서 1방면군과 만날
때까지 약 만 킬로미터를 걸었다.

홍군 1방면군
1934년 10월 15일 근거지를
떠났다. 1935년 10월 19일
우치 진에 닿을 때까지 약
만 이천오백 킬로미터를 걸었다.

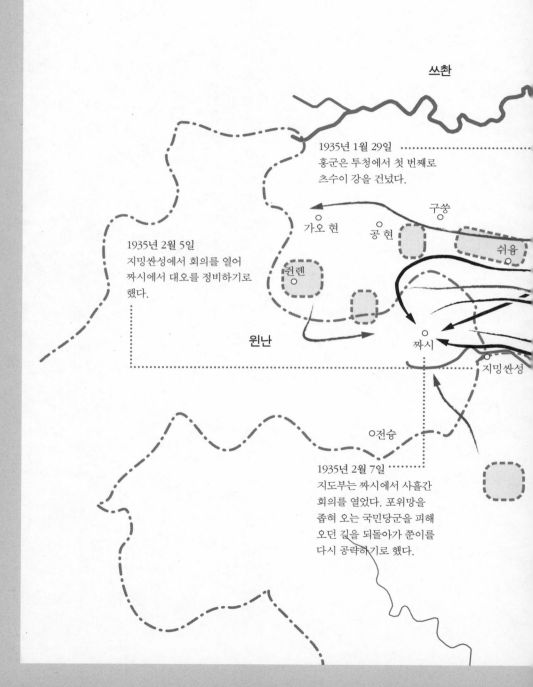

1935년 1월 말~1935년 3월 10일

쓰촨

1935년 1월 29일
홍군은 투청에서 첫 번째로
츠수이 강을 건넜다.

구쑹

가오 현   공 현

쉬융

1935년 2월 5일
지밍싼성에서 회의를 열어
짜시에서 대오를 정비하기로
했다.

쿤렌

윈난

짜시

지밍싼성

O전승

1935년 2월 7일
지도부는 짜시에서 사흘간
회의를 열었다. 포위망을
좁혀 오는 국민당군을 피해
오던 길을 되돌아가 쭌이를
다시 공략하기로 했다.

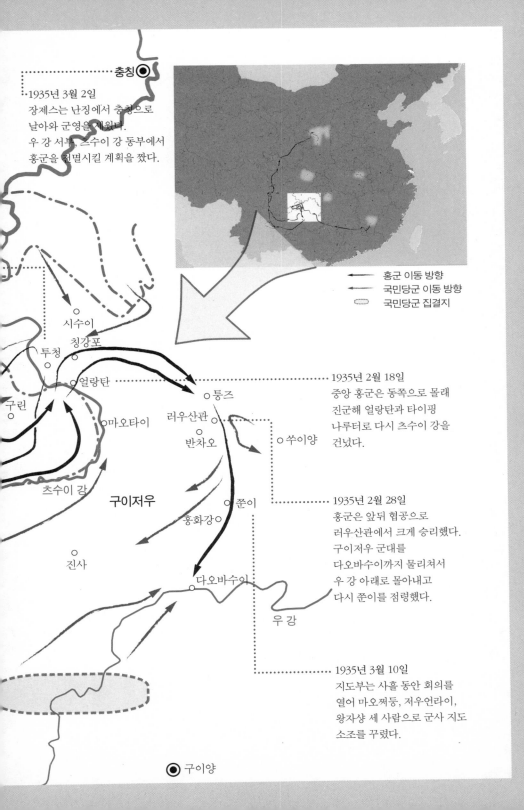

충칭◉

1935년 3월 2일
장제스는 난징에서 충칭으로
날아와 군영을 세웠다.
우 강 서부, 츠수이 강 동부에서
홍군을 전멸시킬 계획을 짰다.

홍군 이동 방향
국민당군 이동 방향
국민당군 집결지

시수이
청강포
투청
얼랑탄
구린
마오타이
러우산관
반차오
쑤이양
툰즈
츠수이 강
구이저우
쭌이
홍화강
진사
다오바수이
우 강

1935년 2월 18일
중앙 홍군은 동쪽으로 몰래
진군해 얼랑탄과 타이핑
나루터로 다시 츠수이 강을
건넜다.

1935년 2월 28일
홍군은 앞뒤 협공으로
러우산관에서 크게 승리했다.
구이저우 군대를
다오바수이까지 물리쳐서
우 강 아래로 몰아내고
다시 쭌이를 점령했다.

1935년 3월 10일
지도부는 사흘 동안 회의를
열어 마오쩌둥, 저우언라이,
왕자샹 세 사람으로 군사 지도
소조를 꾸렸다.

◉ 구이양

소설
대장정 2

2011년 1월 10일 1판 1쇄 펴냄

글 웨이웨이 | 그림 선야오이 | 옮긴이 송춘남

편집 김성재, 서혜영 | **디자인** 유문숙
제작 심준엽 | **영업** 박꽃님, 백봉현, 안명선, 안중찬,이옥한, 조병범, 최정식
홍보 김누리 | **콘텐츠 사업** 위희진 | **경영 지원** 유이분, 전범준, 한선희
제판 (주)로얄프로세스 | **인쇄와 제본** (주)상지사 p&b

펴낸이 윤구병 | **펴낸 곳** (주)도서출판 보리 | **출판 등록** 1991년 8월 6일 제 9-279호
주소 (413-756)경기도 파주시 교하읍 문발리 파주출판도시 498-11 | **전화** 031-955-3535 | **전송** 031-950-9501
누리집 www.boribook.com | **전자 우편** bori@boribook.com

ISBN 978-89-8428-640-5 04820
      978-89-8428-638-2 (세트)

이 책의 국립중앙도서관 출판시 도서목록(CIP)은 e-CIP 홈페이지(http://www.nl.go.kr/ecip)에서 볼 수 있습니다.
(CIP 제어 번호:CIP2010004576)